청춘,

너에게로 이어지는 길

青春18×2_日本慢車流浪記
(18X2 BEYOND YOUTHFUL DAY) by Jimmy Lai (藍狐)

青春

청춘,

이어지는 길 너에게로

지미 라이 지음
이지은 옮김

青春18×2_日本慢車流浪記 № 0509

年　月　日　→　　年　月　日

이 책을 통해 사그라진 그 시절의 시간을 기억하게 되었다.
그 시절 청춘이었던 이들에게,
지금 빛나는 청춘을 맞이한 당신에게 이 책을 바친다.

추천의 글

>>>

이 책은 저자 지미(란후藍狐, 나는 지미라고 부르는 게 더 익숙하다)가 2014년 '백패커스Backpackers' 홈페이지에 게재한 여행 에세이 〈청춘 18×2 일본 낭만 열차 여행기青春18×2_日本慢車流浪記〉를 각색한 것이다. 그리고 우리는 일본 감독 후지이 미치히토와 함께 이 여행 에세이를 영화 〈청춘 18×2 너에게로 이어지는 길〉로 각색하였다.

영화로 제작되는 동시에 저자가 각색하고자 했던 소설로도 출간되어 매우 기쁘다.

〈청춘 18×2 너에게로 이어지는 길〉을 구상하는 데 10년이란 시간이 걸렸다. 이 10년은 나만의 '낭만 열차 여행기'를 찾아가는 배움의 시간이었다.

앞으로 어떤 일이 생길지 모르기 때문에, 그래서 흥미로운 거라는 주인공 아미의 말처럼 말이다.

여행 에세이를 쓴 그때의 지미에게 놀라움으로 가득한 여정을 누리게 해준 것에 감사 인사를 전한다. 나는 지금도 그 여정 중에 있다. 앞으로 어떤 일이 일어날지 기대하면서….

황장핑黃江豊
영화 〈청춘 18×2 너에게로 이어지는 길〉 프로듀서

차례

>>>

18년 후, 도쿄역 순환선 플랫폼에 선 그는
'청춘 18'이란 이름의 티켓만 손에 쥐고 있었다.

잘나가는 슈퍼스타 안치의 매니저 샤오후이는 눈코 뜰 새 없이 바빴다.

이 바닥에서 몇 년간 다져온 내공으로 이제 혼자서 앨범 발매, 홍보, 마케팅, 스케줄 관리 등 모든 업무를 소화할 수 있었다.

샤오후이는 명실상부 안치의 가장 든든한 파트너였다.

그녀는 이 사실이 꽤 자랑스러웠다. 살벌한 연예계에서 안치는 톱 중에서도 톱 여가수였다. 실력이나 외모는 말할 것도 없고 다른 사람은 따라 할 수 없는 안치만의 분위기와 스타일이 있었다.

그런 안치가 믿는 사람, 거기다 안치의 모든 비밀까지 알고 있는 사람은 전 세계에 몇 명 없었다.

"축하합니다, 최근 발매한 앨범이 벌써 Top 5에 올랐던데요?"

"아, 네."

"어제 투표 이벤트 결과가 공개됐는데요, 이번 앨범 타이틀 곡이 가장 인기 있는 노래로 선정되었다고 하네요."

"들었습니다. 감사합니다."

타이트한 검정 옷에 머리는 포니테일 스타일로 높게 묶은 안치는 라이브 프로그램 사회자와 인터뷰를 진행하고 있다. 신랄한 질문도 서슴지 않고 던지기로 유명한 사람이지만 샤오후이는 전혀 걱정되지 않았다.

"질문 하나 드리죠. 안치 씨도 이 노래를 가장 좋아하시나요?"

"아니요."

"그러면 가장 좋아하는 노래는 무엇인가요?"

"「세상의 끝」이요."

"아… 그 노래, 데뷔곡 맞죠? 레트로 감성인가 봐요?"

"네, 제가 그래요."

사실 샤오후이는 거침없는 질문으로 유명한 이 사회자를 썩 좋아하지 않았다. 마음 같아서는 인터뷰를 수락하고 싶지 않았다. 다만 이성적으로 따졌을 때 안치에게 도움이 되는 인터뷰였기에 아무리 매니저라 해도 사적인 감정을 넣어 거절할 수는 없었다.

"가장 좋아하는 노래에 관해 이야기를 나눴으니, 이제 가장 좋아하는 사람에 대해 질문해 볼까요? 안치 씨의 연애사는 줄

곧 베일에 싸여 있었는데요. 너무 궁금하거든요."

올 것이 왔군.

샤오후이는 진작부터 이 질문을 예상했다.

"안치 씨의 마음을 사로잡을 수 있는 남자는 대체 어떤 타입일까요? 여기 사진 한 장이 있는데요."

사회자가 잡지 하나를 꺼내 들었다. 표지를 본 샤오후이는 인상을 찌푸렸다.

몇 년 전 발행된, 가십거리를 전하는 주간지였다. 당시에도 한차례 폭풍우가 쓸고 갔다. 옛일을 들먹거리다니, 너무 상도에 어긋나는데?

"이거 구하기 진짜 어려웠는데요. 당시 가죽 재킷을 입은 남자분과 같이 있던 모습이 찍혔거든요. 아쉽게도 남자분 얼굴은 나오지 않았고요. 그때도 신상을 밝힐 수 없는 친구일 뿐이라고 해명하셨죠. 근데 제 생각에는 아무래도 비밀 연애 중이 아니었나… 자, 이 가죽 재킷남에 대해 한번 얘기해 볼까요?"

"사양하겠습니다."

"아이고, 그렇게 빼지 마시고요. 결혼 적령기도 되셨잖아요."

"여기서 끝낼게요."

말을 마친 안치는 예상치 못한 반응에 놀란 사회자를 남겨둔 채 곧바로 스튜디오를 빠져나왔다.

안치와 함께 출구로 나오던 샤오후이가 주변에 아무도 없는

지 살피더니 나지막이 말했다.

"죄송해요. 저렇게 야비하게 나올 줄은 몰랐어요."

선글라스를 낀 안치가 샤오후이를 향해 싱긋 웃었다. 안치가 미처 다른 말을 내뱉기도 전에 출구 쪽에서 비명이 들려왔다.

소식을 듣고 달려온 팬들이었다. 대부분이 어린 여학생이었다.

안치가 시원시원하게 한 명씩 사인을 해주었다.

존경과 경외 어린 눈빛으로 가득한 팬들을 보면서 샤오후이는 생각했다.

'흠, 나도 전에는 쟤들 중 하나였는데. 쟤들처럼 안치한테 푹 빠졌었지. 엥, 이렇게 생각하니 조금 이상하군.'

어쨌든 샤오후이는 이제 안치의 가장 유능한 비서가 됐다. 조금 더 과장해서 말하면 안치의 가장 친한 친구라고 할 수 있었다. 이건 애당초 샤오후이가 쉬이 상상조차 하지 못한 일이었다. 상상이 현실이 되었다고 해도 과언이 아니다.

비록 샤오후이가 상상했던 모습과 현실은 조금 달랐지만 말이다.

안치는 타이베이 북구에 위치한 경비가 삼엄한 아파트 꼭대기 층에서 혼자 살았다. 하루 일정을 마친 샤오후이는 평소처럼 리무진을 몰고 안치의 집으로 향했다. 매니저 샤오후이의 업무는 아직 끝나지 않았다. 안치의 집 베란다에 놓인 선베드에 누워 전화를 몇 통 하고 적은 것을 정리하니 시간은 이미 한밤중이었다.

하품하며 베란다 문을 열고 거실로 들어오던 샤오후이는 눈앞에 펼쳐진 장면을 보고 자신도 모르게 얼굴을 가렸다.

'맙소사, 내가 안치의 가장 가까운 파트너이자 친구인 게 너무나 자랑스럽고, 비밀을 공유한다는 사실이 무척 기쁘긴 하지만… 그럼에도 절대로 알고 싶지 않은 것도 존재하는 법. 지금 눈앞에 펼쳐진 이런 장면 같은 건….'

샤오후이는 생각했다.

헝클어진 머리에 검정 뿔테 안경을 쓰고 펑퍼짐한 점프슈트를 입은 꾀죄죄한 건어물녀 안치가 거실에서 감자칩에 맥주를 마시고 있었다. TV를 보면서 코를 풀더니 발바닥을 긁었다.

너무도 일상적인 모습.

문제는 이 모습의 주인공이 바로 그 유명한 냉미녀 여가수 안치라는 사실이다.

아무리 봐도 익숙해지지 않는 모습이란.

'저 사람이 안치일 리 없어!'

샤오후이는 속으로 중얼댔다.

'아무리 집이라지만 나도 저렇게 꾀죄죄하게 있진 않는다고!'

"어, 일 다 끝났어? 거기 서서 뭐 해? 이리 와, 새로 시작한 이 드라마 진짜 재밌어. 아, 맞다. 지난 회차 못 봤지? 괜찮아, 내가 설명해 줄게. 남자 주인공이 드디어 여자 주인공 출신에 대해 알았거든. 근데 저 나쁜 놈이 그걸로 고민하더라, 그래서….”

알고 싶지 않았던 비밀 중 두 번째는 카메라 앞에서는 말을 아주 아끼는 안치가 사적인 자리에서는 수다쟁이라는 것, 가끔은 짜증이 날 정도로 말이 너무 많다는 것이다.

‘내 상상 속의 냉미녀는 이제 없어!’

샤오후이는 고개를 저으며 한숨을 쉬고는 안치 옆에 앉아 맥주 한 병을 땄다.

엉덩이를 붙인 지 얼마 되지도 않았는데 또 전화벨이 울렸다.

“샤오후이, 핸드폰 아직도 안 껐어? 일은 내일 처리해.”

“네? 아이고 선생님, 제 핸드폰이 아니고 집 전화인데요?”

“엥? 뭐? 집 전화번호 아는 사람 몇 명 없는데. 전화 온 지도 백만 년이 넘었고.”

안치는 중얼거리며 소파 위 물건을 전부 뒤적였다. 곧이어 잡지 더미에서 무선전화기를 찾아 들었다.

“여보세요. 네? 할머님? 할머니세요?”

몇 마디 대화가 오가자 안치의 표정이 한층 어두워졌다.

“할머니, 괜찮으세요? 아니에요. 당황하지 마시고, 천천히 말씀하세요.”

이어서 사투리로 몇 마디를 나눈 안치가 전화기를 내려놓았다.

“샤오후이, 내일 오전 일정 좀 취소해 줘.”

"네? 왜요?"

"지미한테 일이 생긴 것 같아. 지금 자이로 출발해야 해."

"지미? 그 가죽 재킷남이요?"

"뭐? 그렇게 부르지 마."

알고 싶지 않았던 세 번째 비밀은 바로 몇 해 전 주간지에 찍힌 사진 속 가죽 재킷남이 실은 안치의 남자친구라는 사실이다.

정확히 말하자면, 엑스 남친.

샤오후이는 한숨을 쉬면서 생각했다.

'엄청 멋진 남자면 또 몰라. 그 가죽 재킷남은 진짜 별로야. 내 눈에도 안 찬다고.'

깊은 밤 고속도로. 안치를 태운 리무진이 남쪽을 향해 질주했다.

지미의 핸드폰은 연결이 되지 않았다. 다행히 샤오후이가 그동안 쌓아온 인맥으로 이곳저곳에 연락을 취했고, 금방 지미에게 일어난 일을 알 수 있었다.

소식통에 따르면 이틀 전 리궈싱과 한바탕 말싸움을 벌인 뒤 회사에서 쫓겨났다고 한다.

이 다툼은 여파가 꽤 컸다. 이제껏 리궈싱에게 그렇게 대드는 사람도, 또 리궈싱이 그렇게 노발대발하는 모습도 처음 봤다는 게 주변의 반응이었다.

결코 단순한 일이 아니었다. '궈싱뮤직'의 창립자인 리궈싱은 여전히 대만 음반 업계의 대부라 불렸다. 업계에선 '입만 뻥긋해도 폭풍우가 불 정도로' 영향력이 대단한 인물이었다. 게다가 지미를 작곡가로 발굴해 키운 은사이기도 했다.

어휴, 어쩌다 일을 이 지경까지 만들었을까? 안치는 한숨이 나왔지만 밖으로 내비치진 못했다. 밤을 새우면 피부에 안 좋다고 샤오후이가 잔소리를 해댈 게 뻔했으니까.

안치는 지미가 처음 궈싱뮤직에 들어왔을 즈음 그를 알게 되었다. 지미가 만든 첫 곡 「세상의 끝」을 안치가 불렀고, 그것이 데뷔 앨범의 타이틀 곡이 되었다.

그 후 두 사람은 서로를 응원하며 각자의 꿈을 위해 노력했다. 그렇게 10년이 흘렀다.

한때 지미와 나누었던 감정은 특급 기밀이 되었다. 지미의 할머니 외엔 샤오후이만 알고 있는 사실이다.

안치는 생각했다.

'설마 내가 너무 슈퍼스타가 돼서 부담을 준 건가?'

흔들리는 리무진 안에서 안치는 생각에 잠겼다가 잠이 들었다.

샤오후이는 뒷좌석에서 들려오는 코 고는 소리에 흡족한 듯 고개를 끄덕였다. 안치가 자는 척하는 건지 아닌지 샤오후이는 다 알 수 있었다.

정신없이 일과를 마친 뒤 한밤중에 다시 차를 모는 건 정말

쉽지 않은 일이었다. 샤오후이는 에너지 음료 하나를 또 들이켰다. 목적지까지 안전하게 안치를 모셔야 하니까.

동이 트기 전 두 사람은 자이현 민슝향 시골에 위치한 지미의 본가에 도착했다.

지미의 할머니는 물에 빠진 사람이 지푸라기를 잡듯 안치를 붙들고 사투리로 거듭 하소연했다.

"그 애가, 그런 모습을 본 적이 없거든…."

어질러진 지미의 방을 보자 안치는 할머니가 왜 그리 걱정하시는지 바로 알 수 있었다.

언제나 깔끔한 지미는 평소 자신의 방을 먼지 하나 없이 질서정연하게 정돈했다. 하지만 지금 그의 방은 어수선하게 어질러져 있고, 바닥에는 찢어진 종이 조각이 가득했다.

"악보 같은데…."

샤오후이가 종이 조각을 살펴보며 말했다.

그중에서도 가장 불길한 것은 두 동강이 난 채 바닥에 놓여 있는 기타였다.

안치는 한 눈에 그 기타를 알아봤다. 기타의 뒷면, 목과 몸통의 연결부위에 볼펜으로 '파이팅ファイト'이라는 일본어가 쓰여 있었다. 글자가 살짝 희미해진 것이 아주 오래전에 쓴 것으로 보였다.

안치가 지미를 처음 만났을 때부터 그는 항상 이 낡은 기타를 가지고 다녔다. 작곡할 때도 즉흥연주를 할 때도 매일 이 기타를 몸에 달고 살았다.

기타는 목 부분이 중간부터 불규칙적으로 쪼개지고 몸통도 갈라졌으며 기타 줄이 세 개나 나가 있었다. 상태를 보아하니 아마도 힘을 다해 부순 것 같았다.

"할머니, 지미가 언제부터 안 보였어요?"

"어제 저녁 먹고 얼마 안 돼서부터. 방은 이 꼴로 해놓고 대체 어디에 간 건지…."

안치는 지미에게 다시 전화를 걸었다. 여전히 연결되지 않았다.

안치가 입을 다물며 말했다.

"샤오후이, 신고하자."

정체가 들통나지 않도록 해야 한다는 샤오후이의 고집을 꺾지 못하고 안치는 어쩔 수 없이 야구 모자에 선글라스, 마스크를 착용한 채 찍소리도 내지 못하고 구석에 앉아 있었다.

30분 뒤 경찰이 도착했다.

"신고하셨죠? 어? 이 수상한 사람을 조사하면 되나요?"

경찰은 일부러 꽁꽁 싸맨 안치를 의심했다.

샤오후이가 황급히 경찰을 막아섰다.

"아뇨. 제 사촌인데 감기에 걸려서요. 유행성 독감이요. 엄청 심해요. 죄송한데 너무 가까이 가지 마세요. 전염되거든요."

안치가 서둘러 기침을 몇 번 했다. 경찰은 미심쩍다는 표정을 지으면서도 그제야 샤오후이와 할머니를 따라 지미의 방으로 향했다.

"사람이 없어졌다고요? 전화는 해봤어요?"

"네, 핸드폰이 꺼져 있어서 연락이 안 돼요."

"편지나 쪽지 같은 것도 안 남겼나요?"

천천히 뻔한 내용을 묻는 경찰의 질문을 듣고 있던 안치는 그저 마음만 조급할 뿐 뭐 하나 할 수 있는 게 없었다.

"저기요, 연락이 되거나 쪽지가 있었으면 신고를 왜 했겠어요. 빨리 조사 좀 해주세요, 급하다고요!"

'잘한다, 샤오후이.'

안치가 속으로 말했다.

경찰은 별로 내키지 않는다는 듯 무전기로 보고한 후 조사를 시작했다.

"저기, 실종되기 전에 이상한 점 없었나요?"

"있었어요. 내가 키워서 잘 아는데, 고민이 있으면 딱 표가 나거든요."

지미의 할머니가 말했다.

"그러시군요. 무슨 고민인지 말했나요?"

"아뇨. 얘는 감추고 싶은 일이 있으면 아무 말도 안 해요."

"…그럼 실종되기 전에는 뭘 했나요?"

"집에 오면 밥 먹을 때 빼고는 하루 종일 방 안에만 있어서… 아, 책을 계속 봤네요."

"책이요? 어떤 책인지 아세요?"

할머니는 잠시 망설이더니 책상 옆 종이 더미에서 연한 보라색 책을 꺼냈다.

"아마 이 책일 거예요."

"음, 이건 책이 아니네요. 다이어리 같은 거예요."

경찰이 건네받은 두꺼운 다이어리를 넘겨 보더니 이마를 찌푸렸다.

"끝까지 뭔가가 빼곡히 적혀 있어서 살펴보려면 시간이 꽤 걸리겠어요."

"괜찮아요."

샤오후이가 서둘러 말했다.

"마침 감기 때문에 저희 사촌도 쉬어야 하니, 쟤한테 읽어보라고 할게요."

그렇게 다이어리는 안치의 손으로 넘어왔다.

다른 사람들이 다시 방에서 단서를 찾고 있을 때 안치는 들고 있던 다이어리에 정신을 뺏겼다.

'이상하네. 지미한테 다이어리 쓰는 습관이 있었다고?'

안치는 소리 없이 중얼대며 석연치 않은 마음으로 다이어리를 펼쳤다.

첫 페이지 맨 위에 날짜가 적혀 있었다.

1996년 9월.

'헉, 거의 10년 전 일기잖아?'

안치는 속으로 헤아려 봤다. 이걸 쓰던 당시 지미의 나이는 아마도 열일곱, 열여덟이었겠지?

지미의 일기

1996년 9월

으악! 도대체 왜? 왜 나 같은 천재가 이런 고통을 겪어야 하는가. 아미만 떠올리면 가슴이 답답해진다. 짜증 난다. 이게 바로 실연의 아픔인가? 정말 기분이 썩 좋지 않다.

기분이 더 안 좋은 이유는 이 사실을 누구에게도 이야기할 수 없어서다. 결국 이 심정을 털어놓을 방법을 찾을 수밖에 없었다. 겨우 아무도 없는 뻥 뚫린 곳을 찾아 딱 두 마디 내뱉었는데 풀숲에서 풀을 베고 있던 아저씨를 놀라게 할 줄 누가 예상이나 했겠는가.

"정신 나갔어? 아니면, 집에 초상났어?"

아이고 아저씨, 그냥 실연당했을 뿐이에요. 그 정도로 심한 건 아니고요.

그렇게 결국 털어놓을 만한 곳을 찾지 못했다.

딱히 방법이 없어 글로 남기기로 했다. 새로 산 이 다이어리가 크기로 보나 두께로 보나 내 마음속에 꽉 차 있는 울분을 토하기에 적당해 보였다.

어떤가? 이 몸이 글로 털어놓는 건 괜찮겠지?

아미가 대만을 떠난 지 오늘로 20일이 되었다. 이틀 전, 아미가 보내온 카드 엽서를 받았다. 무려 러시아에서 보내왔다.

아미가 태어난 일본도 이미 대만에서는 충분히 먼 나라다. 그런데 러시아? 절대 상상조차 할 수 없는 곳이다. 하지만 아미의 여정은 이제 막 시작됐을 뿐이다.

아미가 점점 멀어지는 느낌이다. 그렇게 내 인생에서 사라질 것 같은 예감이 든다.

허, 짜증이 밀려온다.

지금부턴 최근에 있었던 시시콜콜한 일들까지 상세히 기록해 보겠다.

심경 토로가 주목적이긴 하지만, 언젠가 이걸 출판사로 보내 출간할지도 모르는 일 아닌가. 이 몸은 천부적인 소질을 가지고 있으니까.

어디서부터 시작하지? 음, 아미를 만났던 그날부터 시작하겠다.

그날….

"여보세요. 네? 아, 네… 어라, 대박. 네네, 알겠습니다!"

다이어리의 두 번째 페이지를 읽던 안치는 통화 중이던 경찰의 과장된 목소리에 집중력이 흐트러졌다.

"안 찾으셔도 되겠어요. 방금 서에서 연락이 왔는데 실종 신고하신 이분, 오늘 아침에 출국하셨다네요."

"출국이요? 대만을 떴다고요?"

샤오후이가 황급히 물었다.

"네, 조회해 보니 벌써 비행기를 타고 일본으로 갔다고 하네요. 자살하려는 사람이 일부러 티켓까지 사서 일본에 가지는 않았겠죠? 여하튼 이 사건은 종결입니다. 그리고 경찰이 얼마나 바쁜 줄 아십니까? 아무 일도 아닌 것 가지고 막 신고하고 그러지 마세요."

샤오후이는 연신 사과하며 경찰을 배웅했다. 당연히 입에는 불만이 가득했다.

"죽일 놈의 가죽 재킷남! 일을 만들어요."

할머니는 그제야 한시름 내려놓았다.

어르신이 잠을 한숨도 못 잔 터라 많이 피곤해하셨다. 안치는 서둘러 할머니를 부축해 좀 쉬도록 방으로 모셨다.

방을 나오며 연신 하품하는 샤오후이를 보고 나서야 안치는 그녀가 밤을 새워 운전했다는 사실이 떠올랐다. 자신처럼 차에서 잠시 눈을 붙이지도 못한 것이 생각나 미안한 마음이 들었다.

"샤오후이 미안, 많이 피곤하지? 여기서 좀 자다 갈까?"

"좋긴 한데 어디서 자요?"

"지미 방에서 자도 돼."

"네? 저 더러운 침대에서는 안 자요."

"아니야, 나도 여러 번 자봤어. 깨끗해."

"맙소사, 그건 알고 싶지 않고요! 더 이상은 말하지 마세요."

생전 처음 출국한 지미는 모든 것이 신기하기만 했다.

즉흥적으로 내린 결정이라 미리 비행기표조차 예매하지 않았다. 다행히 타오위안공항 항공사 카운터에서 오전 출발 비행기표를 살 수 있었다.

태어나서 처음으로 비행기를 타기도 했고 잠도 제대로 못 잔데다 착륙할 때 느낀 심각한 귀 먹먹함 때문에 지미는 줄곧 몽롱한 상태였다.

나리타공항 터미널을 나서자 정신이 번쩍 들었다.

대박, 완전 춥네.

3월 초였지만 도쿄 외곽의 새벽은 여전히 추웠다. 대만 겨울 날씨에나 어울릴 얇은 외투에 찢어진 청바지를 입고 있던 지미는 밖에서는 1분도 견디기 어려워 도망치듯 황급히 공항 로비로 돌아왔다.

휴대한 작은 허리 가방 안에는 여권, 지갑, 핸드폰, 잡동사니
가 들어 있었다. 여행용 물품은 아무것도 없었다.

크나큰 오산이었다.

핸드폰 배터리가 없었지만 다행히 공항 곳곳에 충전 포트가
있었다.

충전기를 꽂아 핸드폰을 켠 뒤 공항 와이파이와 연결하자 새
소식과 부재중 전화 알림음이 연달아 울렸다. 살펴보니 부재중
전화가 무려 100여 통이나 와 있었다.

서둘러 문자를 확인하려는 찰나, 전화가 걸려왔다. 안치였다.

지미가 전화를 받았다.

"여보세요. 뭐야? 왜 이렇게 전화를 해대는 거야?"

리무진을 타고 있던 안치는 예상치 못하게 갑자기 전화가 연
결되자 잠시 멍해졌다.

"음… 그게… 어?"

"어는 무슨 어야. 지금 막 일본에 도착했어. 경찰에 신고까지
하고. 너무 많이 나간 거 아니야?"

안치는 그제야 정신을 차리고 말했다.

"드디어 문자를 보셨군. 너, 할머니가 얼마나 걱정하셨는지
알아?"

"아, 맞다. 어제 갑자기 결정한 거라 말씀드린다는 걸 깜빡했네. 이따가 전화드릴게."

"할머니, 밤새 한잠도 못 주무셨어. 이제야 쉬시니까 좀 있다가 전화드려."

"응."

잠시 침묵이 흘렀다.

"그 말 하려고 전화한 거야?"

"어… 그, 리 선생님 얘기 들었어. 괜찮아?"

"괜찮아."

"대체 선생님이랑 왜 싸운 거야?"

"어… 그게… 말했잖아. 이 천재 작곡가의 창작에 대해서 이래라저래라 참견하지 말라 했더니 노발대발하더라고."

"감히 마수魔手*한테 그런 말을 하다니 눈치도 없네."

차를 몰며 대화를 엿듣던 샤오후이가 참지 못하고 끼어들었다. 안치가 샤오후이를 살짝 째려봤다.

"그렇게 잘린 거야. 흥."

지미가 이어서 말했다.

"뭐, 큰일은 아니야."

"그럼 일본은 왜 갔는데? 해외여행 관심 없다고 했잖아. 내가

---

* 작중 리궈싱의 별명.

만들라고 해서 만든 여권은 한 번도 사용 안 했고."

"그건, 잘렸으니까. 기분 전환 좀 하려고."

"너, 그 일본 여자 아미 만나러 간 거 아니야?"

안치가 참지 못하고 물었다.

"어? 그 이름을 어떻게 알아?"

지미는 잠시 당황했다.

"미안. 다이어리를 봤어. 첫 번째 페이지만."

"됐어, 봐도 상관없어."

"그래서, 그 여자 찾으러 간 거야?"

"그렇다고 할 수 있지. 근데 꼭 그것만은 아니고."

"무슨 말이야?"

"하하."

지미가 갑자기 큰 소리로 웃었다.

"너 질투하는 건 아니지? 파파라치한테 들키지 않게 조심해."

"미쳤나 봐."

안치는 화가 나 전화를 끊어버렸다.

"나쁜 자식. 언니, 상대도 하지 마요."

샤오후이가 말했다.

"다음 일정까지 시간이 남았으니 일단 집에 가서 눈 좀 붙일까요?"

"아니, 리 선생님한테 가자."

"네? 지금요? 왜요?"

"운전해. 참 말이 많네."

전화를 끊은 지미는 인생 최대의 위기에 봉착했다.

어젯밤 자이에서 할머니가 한 상 가득 음식을 내주셨다. 전 세계 공통으로 기분이 영 아닐 때도 할머니가 만든 음식은 남김없이 모두 비워내게 만드는 마법을 가진 듯했다.

하루가 지난 오늘, 미처 소화되지 않은 음식들이 불현듯 앞다투어 탈주를 부르짖었다.

화장실이 어디지?

공항이 미로같이 복잡하군!

지미는 엉덩이에 힘을 꽉 준 채 종종걸음으로 공항 곳곳을 돌았다. 결국 폭발 직전에야 화장실 표지판을 찾을 수 있었다.

달려!

"휴, 다행이다."

변기에 앉은 지미는 긴 숨을 내쉬었다. 인생 최대의 위기가 해결되었다.

곰곰이 생각해 보니 이건 생전 처음 경험한 외국 화장실이었다.

추억할 만한 첫 경험.

지미는 흡족한 표정으로 물 내림 버튼을 눌렀다. 그런데 별안간 신기한 일이 벌어졌다.

따뜻하면서도 강력하고 힘찬 물줄기가 발사되었다.

"으아아악."

돌발 상황에 지미는 굳어버렸다. 지금 일어서면 뭔가가 묻어 있을지도 모르는 물에 온몸이 젖을 것 같았다.

당황한 지미는 벽에 달린 복잡한 버튼을 자세히 살펴보았다. 이게 바로 일본에서 개발했다는, 그 유명한 자동 엉덩이 세척용 뚜껑형 비데 아닌가. 조금 전 누른 것은 물 내림 버튼이 아니라 세척 버튼이었다.

이 무슨 참신한 물건인가. 그런데 왠지… 당한 기분이었다.

허둥지둥하며 고심한 끝에 겨우 그 무지막지한 물대포에서 벗어났다.

그러나 화장실에서 나온 후에는, 예상과 달리, 뭔가를 당했다는 불쾌감이 신기하게도 묘한 만족감으로 바뀌어 있었다.

'여행이란 게 나쁘지는 않군.'

지미는 생각했다.

앞으로 아마 내가 원하는 답을 찾을 수도 있고, 찾지 못할 수도 있겠지.

하지만 그건 생각하지 말고, 출발하자고.

지미는 주변을 둘러보다 조금 전 자신이 빛의 속도로 화장실을 찾는 사이 부지불식간에 공항을 벗어나 지하철 환승센터로 이동했다는 사실을 깨달았다.

다행이네. 화장실이 내가 가려고 했던 장소로 날 인도해 주었어. 지미가 일본에 온 이유는 기차를 타기 위해서였다.

그런데 이 환승센터도 너무나 복잡하다. 무슨 도쿄 어쩌고 JR도 있고, 색깔별로 플랫폼도 다르고, 이건….

지미가 정신없이 사방을 두리번대고 있을 때 한 행인이 그의 시선을 끌었다.

정확히 말하자면 그 행인이 어깨에 메고 있는 큰 배낭이 눈을 사로잡았다.

맞다. 그 당시 아미가 메고 있던 것과 같은 스타일이었다.

"저기, 죄송한데요."

지미는 자기도 모르게 상대를 불렀다.

배낭을 멘 행인이 고개를 돌렸다.

"하이はい, 무슨 일이시죠?"

"어, 그게… 그러니까, 음…."

지미는 잠시 말문이 막혔다. 너무 오랫동안 일본어를 쓰지 않은 탓에 적당한 표현을 찾지 못한 탓이기도 했고, 또 상대를 왜 부른 건지 자신도 잘 몰랐기 때문이다.

"네."

행인이 지미를 위아래로 훑어보더니 말했다.

"일본인이 아니세요?"

"네, 대만 사람입니다."

"아, 대만 사람! 일본에 오신 걸 환영합니다. 저는 야스다라고 해요."

"처음 뵙겠습니다. 저는 지미라고 합니다."

두 사람은 인사를 나눴다. 지미는 자신과 비슷하게 마르고 키가 큰 야스다 군의 체격에 눈길을 주었다.

"저기, 잠시만요."

야스다 군이 불현듯 눈을 반짝이며 지미가 입은 가죽 재킷을 뚫어져라 쳐다보았다.

"지미 씨, 이 가죽 재킷… 진짜예요?"

웅? 꽤 눈썰미가 있는데?

"당연히 진짜죠. 어렵게 구한 거예요."

"우와, 제가 갖고 싶었던 재킷이에요! 이거, 제 기억엔… 20만 엔 정도 하죠?"

역시 물건 볼 줄 아네. 에휴, 대만에서는 이 몸의 멋진 품격을 알아봐 주는 사람이 거의 없었건만, 외국에 나오니 알아보는 사람이 딱 나타나는군.

야스다 군은 가죽 재킷에 대한 이런저런 칭찬을 아끼지 않더니 문득 뭔가 생각난 듯 말했다.

"아, 죄송해요. 잠시 제정신이 아니었네요. 뭘 물어보려고 하셨죠?"

"아, 맞다."

지미가 말했다.

"'청춘 18 티켓' 어떻게 구매하는지 아시나요?"

"아, 이거 말씀하시는 거죠?"

야스다 군이 웃으며 주머니에서 티켓 하나를 꺼냈다. 그 위에는 청춘 18 티켓이라고 적혀 있었다.

"막 여행을 끝내려던 참이었어요."

야스다 군이 말했다. 그의 티켓은 이미 도장으로 꽉 차 있었다.

'역시 같은 부류군.'

지미는 생각했다.

야스다 군의 안내에 따라 지미는 티켓 판매기로 가 곧바로 청춘 18 티켓을 구매했다.

"지금은 티켓에 아무것도 없잖아요."

야스다 군이 말했다.

"빈칸에 매일 도장을 하나씩 찍으면 일반 열차의 경우 모두 탑승이 가능해요. 여기 칸이 다섯 개가 있으니 먼 곳도 갈 수 있어요."

"감사합니다."

"아닙니다. 그럼 친구 차가 기다리고 있어서 저는 이만 가볼 게요. 휴, 저도 언젠가는 꼭 그 재킷을 사고 말 거예요."

야스다 군은 떠나기 전 다시 한번 선망 어린 눈빛으로 지미의 재킷을 바라보았다.

그때 지미에게 한 가지 생각이 떠올랐다.

"야스다 군, 저희 바꿀까요?"

"바꿔요? 뭘요?"

"제 재킷이랑 그쪽이 입고 있는 옷과 배낭이랑요."

"네? 진심이세요?"

"어, 그리고 혹시 배낭 안 물건들이 제가 앞으로 쓸 만한 여행 용품이면 증정품으로 같이 주실 수 있을까요?"

"당연히 되죠. 근데, 진심이세요?"

두 사람은 개찰구 앞에서 물건을 바꿨다. 야스다 군은 입고 있던 기능성 외투와 배낭, 그리고 안에 들어 있는 물건을 모두 지미에게 건넸다. 속옷까지 벗어서 증정품으로 줄 수 있을 정도로 신나 보였다.

물건을 바꾼 뒤 야스다 군은 여러 차례 고맙다고 인사하고 자리를 떴다. 지미는 청춘 18 티켓을 개찰구 앞 역무원에게 건 넸다.

역무원이 티켓에 일자日字가 새겨진 첫 번째 도장을 찍었다.

여행이 시작됐다.

'이번 여행으로 완전히 털어버리자고.'

지미는 생각했다.

전열을 정비하고 나니 정신이 번쩍 들고 힘이 솟는 기분이었다. 진짜 여행이 시작된 듯했다.

음, 그런데 배낭이 너무 무거웠다.

무겁기만 한 게 아니고 이리저리 흔들려 메고 있기 힘들었다.

배낭 때문에 지미는 좌우로 휘청대며 플랫폼을 걸어갔다. 열차를 기다리는 사람들로 플랫폼은 발 디딜 틈조차 없었다.

플랫폼 양쪽에서 열차가 동시에 들어오고 있었다.

그래, 출발이다.

어… 근데, 어디로 가야 하지?

플랫폼에 들어선 열차 앞부분에는 낯선 지명이 쓰여 있었다. 지미는 그제야 자신이 아무런 계획 없이 충동적으로 비행기표를 끊고 일본에 왔다는 걸 실감했다.

열차를 기다리던 인파가 양쪽으로 흩어졌다. 하지만 지미는 플랫폼 중앙에 선 채 한참을 결정하지 못하고 서 있었다.

어깨에 멘 배낭이 점점 더 무겁게 느껴졌다. 맙소사, 어깨에 배낭을 메고 여행하는 게 가능한 일인가? 그 당시 아미는 도대체 어떻게 했지? 엄청나게 말랐었는데.

하긴, 아미가 했으니 나도 할 수 있다. 게다가 지금 어깨를 짓

누르는 다른 것과 비교하면 이것쯤은 아무것도 아니다.

플랫폼에서 기적 소리가 울렸다. 왼편의 열차가 곧 출발하려는 듯 보였다.

'일단 가자, 분명 좋은 일이 있을 거야.'

이렇게 생각한 지미는 문이 닫히기 직전 휘청대며 열차에 올랐다.

뛰어서 타다 보니 메고 있던 배낭이 크게 요동쳤다.

"아야!"

배낭이 한쪽에 앉은 승객을 친 모양이다.

"아, 죄송해요. 죄송합니다."

지미가 연신 사죄했다.

머리를 문지르며 일어나는 승객을 본 순간, 지미는 숨이 멎었다.

헉, 일본에도 이렇게 흉악하게 생긴 사람이 있네? 그 사람은 지미보다 머리 하나는 더 커 보였다.

그보다 심각한 문제는 이 사람이 입고 있는 옷이⋯ 경찰복이란 사실이었다.

객차에 묘한 긴장감이 흘렀다.

열차 왼편에 삼삼오오 모여 있던 승객들도 어느새 거리를 두었다. 그래서 반경 3미터 내에는 지미와 이 흉악하게 생긴 경찰만 남았다. 둘은 아무 말 없이 서로를 응시했다.

"앗. 정말, 정말 죄송해요. 고의는 아니었습니다."

경찰이 눈을 가늘게 뜨고 지미를 한참 뜯어보더니 입을 열었다.

"말투를 보니 일본 사람은 아닌 것 같은데요?"

"네, 대만 사람입니다."

"음, 굉장히 수상하군요."

"네?"

무슨 말씀, 실수로 머리를 친 것뿐인데요. 뭐가 수상하죠? 이 배낭 무게를 생각하면 충격으로 꽤 아팠을 것 같긴 하지만….

경찰은 지미가 메고 있는 큰 배낭을 가리켰다.

"사용 흔적이 있는 걸로 봐서 새건 아닌 듯한데 당신은 이 배낭을 처음 메는 것 같단 말이죠. 어떻게 된 거죠?"

헉, 내가 이 배낭을 처음 멘 걸 어떻게 알았지?

"여길 보시면 이 어깨끈은 조일 수 있게 되어 있어요. 가슴과 복부 쪽에 있는 끈도 버클을 채우면 어깨의 하중을 분산시킬 수 있죠. 이런 큰 배낭은 말이죠, 잘 조절하지 않고 메면 오히려 더 힘들어요. 그래서 분명 처음 사용해 보는 사람일 거라고 생각했죠."

와, 이렇게 심오하다고? 과연 명탐정 코난과 김전일을 배출한 일본답군. 열차 안에서 실수로 건드린 경찰의 관찰력이 이리도 예리하다니.

"이상한 점은 바로 그겁니다. 가방이 새것이 아닌데 막 사용하기 시작했다는 거. 당신은 공항에서 바로 나왔을 테니 중고를 샀을 리도 만무하고요. 게다가 이 브랜드는 가격대가 꽤 높아요. 중

고라 해도 가격이 제법 나가죠. 그럼 이게 무엇을 의미할까요?"

제가 그걸 어떻게 알아요.

"이런 결론이면 모든 의문점이 해소되죠. 이 가방은 훔친 겁니다."

대박, 마치 만화의 한 대목 같군.

"아니에요, 경찰 아저씨. 오해세요!"

"오해? 해명해 보시죠. 배낭 안에 뭐가 들어 있죠? 훔친 게 아니라면 대답할 수 있겠죠."

…아주 훌륭한 질문이네요. 저도 안에 뭐가 들었는지 모르거든요.

정말 큰일 났네. 설마 일본에 도착하자마자 범죄자로 몰려 대만으로 인도되는 건 아니겠지? 시작부터 영 느낌이 좋지 않아.

어쩔 수 없이 지미는 조금 전 야스다 군과 물건을 맞바꾼 이야기를 처음부터 끝까지 들려주었다.

복잡한 상황을 다 해명하고 나니 어느덧 열차는 터널을 벗어나고 있었다. 창밖으로 고요하고 평화로우며 마음이 평온해지는 일본 시골의 논밭 풍경이 펼쳐졌다.

그러나 지미는 조금도 즐겁지 않았다. 경찰의 표정을 보아하니 여전히 의심을 거두지 않은 듯했다.

"그럼, 어디로 갈 예정이죠?"

또 훌륭한 질문이군.

"음, 사실 저도 잘 모르겠어요."

"네? 목적지도 모른다고요? 진짜 수상한데요."

지미는 하는 수 없이 청춘 18 티켓을 꺼냈다.

"사실 대만에서 일이 좀 있었어요. 앞으로 인생을 어떻게 살아야 할지 모르겠어서 무작정 일본행 비행기표를 샀어요."

착각일 수도 있지만 지미는 청춘 18 티켓을 보는 순간 경찰의 표정이 누그러지는 느낌을 받았다.

"그랬군요. 청춘 18 티켓이라면 그럴 수 있죠. 하지만 그저 그이유만은 아닐 것 같은데요. 일본에 온 다른 이유가 있는 거죠?"

"그게…."

"역시, 여자지요?"

아니, 이 아저씨 진짜 명탐정의 재능을 타고났네.

"알았어요. 청춘 18 티켓으로 여행하는 사람 중 나쁜 사람은 없으니 믿겠습니다."

…이건 무슨 근거 없는 결론이람?

어찌 됐든 피의자 신분에서 벗어난 지미는 한시름 놓았다.

경찰은 지미에게 배낭끈을 어떻게 조절하는지 자세히 알려주었다. 조절하고 나니 어깨에 쏠리던 하중이 많이 줄어들었다. 움직일 때도 흔들리지 않았다.

"경찰 아저씨, 아는 게 참 많으시네요. 정말 감사합니다."

"별말씀을요. 추리하는 거 빼고 제가 가장 좋아하는 일이 열차 타는 거랍니다. 청춘 18 티켓은 저도 여러 번 사용해 봤어요. 작년에도 한 번 돌았습니다."

그렇구나.

지미는 자신의 나이가 이미 열여덟의 두 배라 '청춘', '18'이라 적힌 티켓을 사용하는 게 너무 남사스럽지 않나 걱정하던 터였다. 그런데 경찰 아저씨도 썼다니 그럼, 저도 걱정 안 해도 되겠네요.

몇 정거장 지난 뒤 경찰이 열차에서 내렸다.

"안녕히 가세요. 아저씨, 도와주셔서 감사해요."

"여행 잘해요. 죽지 말고요."

"네?"

"농담이에요."

경찰이 내린 후 열차에 타고 있던 승객도 현저히 줄었다. 지미는 창밖 풍경이 잘 보이는 좌석을 찾아 털퍼덕 앉았다.

휴, 이 소동 덕분에 잠시나마 고민을 완전히 잊었네.

열차는 끝이 보이지 않는 들판으로 내달렸다.

창밖의 풍경이 계속 뒤로 물러났다. 지미는 비로소 여행이 시작된 듯한 느낌을 받았다.

샤오후이는 타이베이 동구에 위치한 고급 빌딩 앞에 리무진을 세우고 안치와 함께 꼭대기 층에 위치한 궈싱뮤직 사무실을 찾았다.

"안치 언니, 안녕하세요!"

"안치 언니, 반가워요!"

"어서 와, 안치. 무슨 바람이 불어서 여기까지 행차하셨어? 어, 샤오후이도 오랜만이네."

연예인을 보는 게 일상인 음반 회사 직원들에게도 안치를 직접 만나는 건 굉장한 기쁨이었다.

리궈싱까지 사무실에서 나와 안치를 맞이했다.

공손하게 차를 가져온 젊은 비서는 경외에 가득 찬 표정으로 안치를 바라보며 생각했다.

'맙소사, 너무 이쁘다! 그리고 정말 멋져. 진짜 멋짐 폭발이네!'

샤오후이는 말로만 듣던 '마수'를 힐끗 쳐다봤다. 그녀 역시 이렇게 가까이에서 대만 음악의 대부를 만나는 것은 처음이었다. 네모난 얼굴은 미소를 띠고 있었지만, 위엄이 뿜어져 나왔다.

'업무 모드'로 전환한 안치는 풍기는 분위기가 만만치 않기 때문에 일반적으로 나이가 많든 지위가 높든 상관없이 다들 그녀 앞에서는 예를 갖추곤 했다. 하지만 리궈싱은 그런 안치를 조무래기처럼 보이게 만드는 인물이었다.

'이런 사람이랑 싸우다니 그 재킷남, 꽤 용감한 건가? 아니면

눈치가 없는 건가?'

샤오후이는 생각했다.

비서가 사무실을 나가자 차를 한 모금 마신 리궈싱이 심각한
표정을 지으며 말했다.

"안치, 나나 자네나 쓸데없는 소리 하는 사람 아니잖아. 오늘
지미 그 자식 때문에 온 거지?"

"생각하신 대로예요."

"음, 자네와 지미 사이에 끈끈한 정이 있다는 건 알고 있지. 어
찌 됐든 데뷔곡을 써준 사람이니까. 근데 자네가 사정해도 결정
을 바꿀 마음은 없네."

'문제는 끈끈한 정만 있는 게 아니라 다른 빌어먹을 정까지
있다는 거예요.'

한쪽에 있던 샤오후이가 속으로 중얼댔다.

"무슨 일이 있었는지 여쭤봐도 될까요?"

"쳇, 요 몇 년간 내가 그 자식을 본체만체했더니 편곡 일만 주
는 게 불만이었나 봐."

"요새 곡은 썼어요?"

"쓸 만한 게 한 개도 없어. 우리 궈싱은 대량으로 조잡하게 찍
어내는 다른 회사랑은 달라. 영혼이 없는 작품은 안 하지."

"선생님 생각엔 지미한테 무슨 문제가 있는 것 같으세요?"

"이번 싸움의 발단부터 말해보지. 곧 개봉하는 〈열여덟의 나로〉그 영화 알지?"

"네, 아직 개봉 전인데도 이미 어마어마하게 주목을 받는 기대작이라 들었어요."

"맞아, 제작사에서 우리한테 영화 주제곡을 만들어달라고 했거든. 그래서 내가 회사 내부적으로 공모를 받기로 했어."

"지미도 하기로 했어요?"

"응. 근데 응모한 곡들이 전부 같은 문제가 있더라고. 테크닉에만 치우쳐 있고 영혼이 없어. 그래서 내가 몇 마디 했더니, 이 못난 놈이 나한테 뭐라 뭐라 대들더군. 처음엔 자기한테 테크닉좀 익히라고 하지 않았냐면서."

리궈싱은 말끝에 냉소를 지었다.

"허, 사람들 앞에서 감히 나한테 대드는 놈은 진짜 오랜만에 봤어."

그 냉소를 본 안치는 소름이 일었다.

"아무튼 나한테 공개적으로 무릎 꿇고 사과하지 않는 이상 앞으로 대만 음악계에서 걔 이름 보기는 어려울 거야."

"선생님, 제 생각에는…."

"됐네."

리궈싱이 손을 휘저으며 안치의 말을 끊었다.

"그 자식 얘기는 하고 싶지 않고, 다른 할 얘기가 있는데."

리궈싱이 안치를 바라봤다. 한결 누그러진 표정으로 웃으며 말했다.

"아직 주제곡을 누구한테 줄지 결정을 못 내렸거든. 오늘 이렇게 자네가 내 앞에 앉아 있으니, 직감이 답을 주는군. 바로 자네야. 어때, 관심 있나?"

안치가 미처 대답하기도 전에 옆에 있던 샤오후이가 잽싸게 손을 들며 말했다.

"당연하죠, 선생님. 이런 기회를 주셔서 감사합니다."

"허허, 안치 매니저가 아주 일을 잘하네. 자네한테도 이번 일은 놓치면 안 되는 좋은 기회가 될 걸세."

웃음꽃이 핀 리궈싱은 마치 조금 전에 나눈 불쾌한 대화를 모두 잊은 듯 보였다.

"그래도 이건 다르잖아요. 리궈싱이 제작하는 초대형 영화의 주제곡이라고요. 오늘 정말 큰 건 물었네요."

사무실로 돌아온 뒤에도 샤오후이는 흥분을 감추지 못했다.

그러나 안치는 미간을 모으며 계속 통화 버튼만 눌러댔다. 전화는 연결되지 않았다.

"에잇, 또 연결이 안 되네. 짜증 나."

"가죽 재킷남이요? 언니, 그 사람한테 관심 좀 꺼요."

"어떻게 관심을 꺼, 상상했던 것보다 더 심각한 상황인데."

"네, 맞아요. 오늘 마수가 노발대발하는 걸 보니 가죽 재킷남은 이제 끝난 것 같던데."

"끝난 정도가 아니라 완전히 매장이지. 그렇게 되면 평생 노력해 온 음악에 대한 꿈이 다 사라지는 거야."

"쯧쯧, 지금 이런 상황인데 가죽 재킷남은 무슨 생각으로 일본 여행을 간 건지."

'확실히 일반적이지는 않지.'

안치는 생각했다.

음악에 대한 지미의 사랑과 집념에 대해선 안치가 그 누구보다 잘 알았다. 지금은 일본 여행을 갈 때가 아닌데 도대체 왜….

불현듯 안치는 무언가 떠오른 듯 가방을 마구 뒤져 노트 하나를 꺼냈다.

연한 보라색 표지. 지미의 다이어리였다.

"엥? 언니, 그 다이어리 가지고 왔어요? 보지 말고 빨리 잠이나 자요. 그러다 피부 완전 상해요."

"조용히 하고 잠은 너나 좀 자."

샤오후이를 보낸 뒤 안치는 18년 전 지미의 다이어리를 펼쳤다.

'아마도 여기에 답이 있지 않을까?'

안치는 생각했다.

소파에 앉아 독서등을 켠 안치는 다시 첫 페이지부터 자세히 읽어나가기 시작했다.

지미의 일기

1996년 9월

으악! 도대체 왜? 왜 나 같은 천재가 이런 고통을 겪어야 하는가.

아미만 떠올리면 가슴이 답답해진다. 짜증 난다. 이게 바로 실연의

아픔인가? 정말 기분이 썩 좋지 않다.

기분이 더 안 좋은 이유는 이 사실을 누구에게도 이야기할 수 없어

서다. 결국 이 심정을 털어놓을 방법을 찾을 수밖에 없었다. 겨우

아무도 없는 뻥 뚫린 곳을 찾아 딱 두 마디 내뱉었는데 풀숲에서 풀

을 베고 있던 아저씨를 놀라게 할 줄 누가 예상이나 했겠는가.

"정신 나갔어? 아니면, 집에 초상났어?"

아이고 아저씨, 그냥 실연당했을 뿐이에요. 그 정도로 심한 건 아니

고요.

그렇게 결국 털어놓을 만한 곳을 찾지 못했다.

딱히 방법이 없어 글로 남기기로 했다. 새로 산 이 다이어리가 크기

로 보나 두께로 보나 내 마음속에 꽉 차 있는 울분을 토하기에 적당

해 보였다.

어떤가? 이 몸이 글로 털어놓는 건 괜찮겠지?

아미가 대만을 떠난 지 오늘로 20일이 되었다. 이틀 전, 아미가 보

내온 카드 엽서를 받았다. 무려 러시아에서 보내왔다.

아미가 태어난 일본도 이미 대만에서는 충분히 먼 나라다. 그런데 러시아? 절대 상상조차 할 수 없는 곳이다. 하지만 아미의 여정은 이제 막 시작됐을 뿐이다.

아미가 점점 멀어지는 느낌이다. 그렇게 내 인생에서 사라질 것 같은 예감이 든다.

허, 짜증이 밀려온다.

지금부턴 최근에 있었던 시시콜콜한 일들까지 상세히 기록해 보겠다.

심경 토로가 주목적이긴 하지만, 언젠가 이걸 출판사로 보내 출간할지도 모르는 일 아닌가. 이 몸은 천부적인 소질을 가지고 있으니까.

어디서부터 시작하지? 음, 아미를 만났던 그날부터 시작하겠다.

그날 나는 길거리 농구 시합을 했다. 오후 내내 한 경기도 지지 않았고, 기분 좋은 플레이를 했던 기억이 난다.

아르바이트할 시간이 되어 오토바이를 타고 가게로 이동하려는데 할아버지의 그 고물 오토바이가 갑자기 고장이 난 게 아닌가. 아무리 밟아도 시동이 걸리지 않았다.

"짜증 나, 빌어먹을 고물! 돈을 벌어서 새 오토바이를 살 거야!"

별수 없이 나는 투덜대면서 오토바이를 끌고 가게를 향해 뛰었다.

온몸이 땀범벅이 된 채 출근 시간을 1분 남기고 아슬아슬하게 카드를 찍었다. 그때, 아미가 가게로 들어왔다.

서비스 업종에서 일하는 사람은 손님이 들어오는 것을 보면 반사적으로 "어서 오세요" 하고 인사를 하게 된다. 하지만 엄청나게 커다란 배낭을 멘 크고 깡마른 여학생이 웃음을 가득 머금은 채 나를 향해 손을 흔들며 다가오는 모습을 본 나는 그런 인사조차 뱉지 못했다.

아미가 곧장 내 앞으로 왔을 때 나는 바보같이 긴장했다는 사실을 깨달았다. 설마 드라마에서나 보던 예쁜 여자의 마음을 사로잡은 그런 일이 벌어진 건가?

"곤니치와こんにちは."

"네? 아, 곤니치와."

그녀가 불쑥 일본어로 말을 걸었다.

"저기, 일본어 할 줄 알죠? 정말 운이 좋네요. 타이베이에서 일본어 할 줄 아는 대만 사람 거의 못 봤거든요. 저기… 처음 만났는데 이런 부탁을 드려 죄송하지만 통역 좀 해주시겠어요?"

주저리주저리 말을 건 이유가 공짜 통역을 부탁하기 위해서라니.

당시에는 너무 당황한 나머지 어떻게 내가 일본어를 할 줄 안다고 자신했는지 자세히 기억하지 못했다. 나중에 그 이유를 알았지만 여기에는 적지 않겠다.

결론적으로 머릿속이 하얗게 변한 나는 요청을 수락했다.

자초지종을 물으니 아미는 내가 일하는 노래방에서 아르바이트를 하고 싶다고 했다. 그러나 아미가 요구한 시급은 정해진 금액의 두 배였다.

당시 통역을 해준 나는 구두쇠인 매니저, 그리고 그런 매니저보다 더 인색한 사장이 절대 수락하지 않을 거라고 확신했다.

하지만 매니저는 사장과 통화하더니 예상과 달리 아미의 요구를 받아들였다.

맙소사. 좀처럼 이해가 되지 않았다. 이 몸이 면접을 봤을 때는 시급을 50대만 달러 정도 올려달라고 하자 다른 더 좋은 곳을 알아보라고 하지 않았던가.

하여튼 아미는 그날 바로 채용됐다. 그때 내가 얼마나 당황하고 화가 났을지 짐작이 되지 않는가.

그런데 그게 끝이 아니었다. 급여를 정하고 채용이 확정된 뒤에도 아미의 표정이 그다지 좋지 않아서 한번 물어봤다.

"왜 그래요? 업무 관련해서 뭐 질문 있어요?"

"업무에 대해서는 없어요. 그냥 급여가… 네, 일본 알바 급여보다 좀 낮아서요. 약간 맘에 안 드네요. 좀 더 높게 불렀어야 했나 봐요. 괜히 너무 높게 불렀다가 채용이 안 될까 봐 걱정했거든요."

급여가 맘에 안 든다고?

급여가 맘에 안 들어?

가슴을 부여잡고 입을 벌린 채 아무 말도 못 하는 내 바보 같은 모습에 당황했는지 아미는 서둘러 말을 이었다.

"아, 미안해요. 제가 너무 욕심을 부렸죠? 먼저 열심히 일하고 나서 지미짱과 비슷한 수준으로 올려달라고 요구할 수도 있는데."

지금 와서 돌이켜 보니 당시에 화가 치솟아 심장발작이 일어나지 않은 걸 보면 심장 하나는 튼튼하게 태어났다는 생각이 든다.

여하튼 아미를 막 알게 되었을 때 나는 사실 그녀가 별로 마음에 들지 않았다. 아마도 부러워서? 아니면 시샘이 나서?

그 후 그날 저녁에 발생한 다른 사건으로 나는 그녀를 더 싫어하게 되었다.

내가 일하는 이 가게의 이름은 '고베 통나무 KTV*'다. 자이 기차역 뒤편에 자리해 있다. 이름만 봐도 알겠지만 정원식 조경을 갖춘 통나무 방에서 손님들이 노래를 부르는 곳이다.

이곳에서 아르바이트하는 이유는 매우 단순했다. 이 가게에 오는 손님들이 돈을 꽤 잘 쓰고 팁도 많이 준다고 들었기 때문이다.

그렇다, 나는 돈을 참 좋아한다.

어쩔 수 없다. 가난한 집안에서 태어난 죄다. 어릴 적부터 할아버지, 할머니와 지냈다. 굶고 살진 않았지만 그저 배만 채울 정도의 집안 사정이란 걸 잘 알고 있었다.

딱히 불만이 있지는 않았다. 이 몸은 키도 크고 잘생겼으며 뭐든 다 잘하는 천재가 아닌가. 여기에 집안까지 좀 더 부유하길 바랐다면 아마 천벌을 받았을 것이다.

그렇지만 사정상 조금 빨리 돈을 벌어야 했다. 그래서 대입이 끝난

---

* 영어 KaraokeTV에서 따온 말로, 중화권 및 동남아권에서 주로 사용하는 노래방의 축약형 명칭이다.

후 다른 친구들이 신나게 방학을 즐기고 있을 때 나는 일단 돈을 벌기로 했다.

아미가 면접을 보러 왔을 무렵은 사실 나도 아르바이트를 시작한지 얼마 안 됐을 때였다. 내 기억이 맞다면 아마 아미보다 일주일 정도 먼저 시작했을 것이다.

"여러분에게 좋은 소식 하나 전해줄게요. 오늘 저녁에 환영회를 하려고 합니다. 아미가 우리 가게에 합류한 걸 축하하려고요. 모두 회삿돈으로 계산할 거고, 사장님이 특별히 준비하신 겁니다!"

매니저의 말에 직원들은 환호성을 지르며 좋아했다. 하지만 나는 속으로 불평했다.

'내가 왔을 때는 환영회고 뭐고 없더니.'

환영회라고 하지만 실제로는 가게 안에서 방 하나를 비워 무료로 노래를 부르는 형식이었다.

나라는 천재는 장점은 너무 많고 단점은 아주 적다. 다만 불행하게도 그 단점 중 하나가 무대에 오르지 못한다는 것이었다. 무대에 서려면 기본적으로 모든 사람의 시선을 받아야 한다. 그러나 이상하게도 나는 사람들이 쳐다보면 머리가 하얘지고 손발이 파래졌다. 그래서 무대에서 발표를 한다든지 노래를 한다든지 그런 일은 절대로 하지 않았다. 이 말은 내가 노래를 못한다는 뜻이 아니다. 그와 반대로 나는 명실상부 음악 천재라 곡도 쓰고 기타도 치고 노래도 잘하는 싱어송라이터였다.

아무튼 원래 아미의 환영회에는 참석하지 않으려 했다. 그런데 매니저가 가게에서 유일하게 일본어를 할 줄 아는 사람이 통역을 해줘야 한다며 우겨대는 바람에 어쩔 수 없이 참석했다.

'이렇게 된 마당에 통역하면서 공짜 음식이나 좀 얻어먹지, 뭐. 선곡도 안 하고 노래도 안 부르면 되니까.'

나는 이렇게 생각했다.

환영회는 꽤 순조롭게 진행됐다.

모임 내내 아미에게 스포트라이트가 쏟아졌다.

"안녕하세요, 아미라고 해요. 여러분들을 만나게 되어 정말 반갑습니다. 앞으로 여러분과 함께 즐겁게 일했으면 좋겠습니다. 오늘 밤에는 대만 대 일본 노래 대결을 펼치겠습니다. 저는 일본 대표고 여러분은 대만 대표입니다!"

내가 이 말을 통역하자 분위기가 한껏 고조되었다. 환영회는 아미가 한 곡을 부르면 다른 사람이 한 곡을 부르는 식으로 재미있게 흘러갔다.

노래방에는 일본 곡도 제법 있었다. 아미는 노래를 정말 잘했다. 살짝 저음인 그녀가 노래를 부르자 감정이 실린 것처럼 느껴졌다. 무척 감탄하며 들었다.

다른 사람들에게도 감탄하긴 했지만 그건 순전히 노래를 그렇게 부르는데도 계속 마이크를 놓지 않는 점 때문이었고, 그마저도 못

58

하는 나 자신이 못나 보였다.

어쨌든 모든 게 원활하게 진행됐다. 마지막에 그 사건만 일어나지 않았다면 말이다.

환영회가 거의 막바지로 치달았다. 아미가 노래를 마치고 직원들 끼리 서로 먼저 하겠다며 옥신각신하고 있을 때, 갑자기 아미가 마 이크를 나에게 건네며 말했다.

"지미짱, 노래 안 했죠?"

"아, 저 노래 못해요."

나는 서둘러 마이크를 아미에게 넘겼다.

그러자 다른 동료들도 아미와 함께 분위기를 조성하기 시작했다.

"맞아, 지미는 왜 노래 안 해? 그거 지미의 권리야."

전 진짜 이런 권리 없어도 되거든요.

"죄송해요, 통역하느라 노래 못 한 거예요?"

그저 안주 먹느라 바빴을 뿐이니 죄송할 필요는 없고요.

"아이고, 사양할 필요 없어."

그런 거 절대 아니에요. 전 사양 같은 미덕을 가진 사람이 아니라고요.

상황이 심상치 않게 돌아가자 도망가려고 했지만, 눈치 빠른 아미에 게 문 앞에서 걸려버렸다. 아미가 손뼉을 치며 분위기를 조성했다.

"지미짱, 지미짱, 지미짱, 지미짱."

다른 사람들도 따라 소리쳤다.

"지미짱, 지미짱, 지미짱, 지미짱."

이건 무슨 시추에이션? 마치 선거 유세하러 나온 기분이네.

불행히도 나는 끝내 무대에 떠밀려 올라갔고, 손에는 마이크가 쥐어졌다. 장쉐여우張學友*의 「작별 키스」가 흘러나왔다. 세 살짜리 아이도 처음부터 끝까지 부를 수 있는 국민가요였다.

으악, 망했다.

그 후의 기억은 희미하다. 아마도 너무 창피한 나머지 머릿속에서 강제로 지워버린 듯하다. 여하튼 확실한 건, 내가 한 마디도 부르지 못했다는 사실이다.

분위기를 조성했던 사람들이 머쓱해하더니 누군가 작은 소리로 수군댄 기억이 난다.

"예의 차린다고 사양한 게 아니었네."

빌어먹을! 내가 말했잖아!

이게 내가 아미를 알게 된 과정이다.

곰곰이 회상하니 많은 기억이 꼬리에 꼬리를 물고 샘솟았다. 기억나는 건 전부 적어보도록 하겠다.

아미가 환영회에서 창피를 준 날 저녁 나는 맹세했다. 또다시 아미랑 말을 섞으면 내가 바보 멍청이 미친놈이라고.

---

* 홍콩 출신의 가수, 작곡가, 작사가이자 영화배우. 가신歌神, 즉 노래의 신이라고 불린다.

그리고 24시간도 채 지나지 않은 다음 날 출근 후 나는 바로 바보 멍청이 미친놈이 되었다.

매니저가 나를 아미와 같은 조에 편성한 것이다. 이런 상황에서 어떻게 말을 안 할 수 있겠는가?

매니저의 속내가 훤히 보였다. 내가 아르바이트하면서 통역도 해주길 바라는 거였다.

"매니저님, 이건 별도 업무 아닌가요? 그렇다면 돈을 더 주셔야 하는데요."

"호호, 그렇게는 안 되고요. 대신에 제가 보증하죠. 아미랑 같은 조로 일하면 아마 받는 팁이 엄청나게 많아질 거예요."

이런 근거도 없는 말로 이 천재를 속이려 하다니.

"말도 안 돼요. 그런다고 팁을 더 받을 수 있으면 제가 바보 멍청이 미친놈이죠."

"하하."

불행히도 며칠 지나지 않아 나는 다시 바보 멍청이 미친놈이 되고 말았다.

나중에 생각해 보니 자이에서는 외국인을 볼 일이 드물었고, 또 대만 남자들은 무슨 이유에선지 일본 여자에게 특별한 호감을 가지고 있었다. 아무튼 아미의 등장은 자이 노래방 업계를 뒤흔드는 뉴스거리가 되었다. 아미가 출근하고 얼마 안 있어 갑자기 가게 매출

이 폭발적으로 증가했다.

매니저는 아미를 로비에 세워두고 손님들을 안내하는 역할을 맡겼다. 그리고 나 역시 그 옆을 따라다니며 통역을 맡게 했다.

손님들은 모두 아미에 대해 궁금해했다. 아미에게 물어보는 질문도 종류가 다양해 전 분야에 걸쳐 있었다. 하지만 가장 많이 하는 질문은 주로 이런 것이었다. '대만에는 왜 왔어요?', '자이에는 어떻게 오게 됐어요?' 등등.

아미는 세계를 둘러보는 여행 중이라 일본에서 가까운 대만을 첫 번째 장소로 삼았다며 언제나 조금도 귀찮은 내색 없이 설명했다.

어쩌다 자이를 선택했냐는 질문에 대해선….

"아, 기차를 타고 지나가는데 여기 사람들이 엄청 친절하고 선량해 보이더라고요. 게다가 풍경도 너무 멋지고요. 그래서 기차에서 내렸죠."

아미가 이렇게 대답하며 덧니가 보이게 미소를 지으면 친절하고 선량한 자이 사람들은 기쁨에 넘쳐 팁을 꺼내곤 했다.

당연히 아미에게만 팁을 주고 그 옆에서 통역하는 나에게는 팁을 안 주면 그건 선량하지 못한 짓이었다. 우리 자이 사람들은 절대로 그런 행위를 용납하지 않았다.

애초에 예쁜 여자를 미워하는 것 자체가 몹시 어려운 일이었다. 거기다 그 예쁜 여자와 한 조가 되고, 매일 퇴근 후 돈을 세다 손이 아플 정도가 되니, 내 어찌 계속 아미를 미워할 수 있었겠는가.

얼마 전 다짐한 다시는 아미와 이야기하지 않겠다던 맹세는 진작에 잊은 지 오래였다.

"지미짱."

"지미짱이라고 부르지 말아요."

"왜요? 저보다 어리잖아요. 그리고 귀엽고요."

내가 무슨 지미고추장도 아니고. 벌써 지겹다. 아미 때문에 이제 다른 동료들까지 나를 지미짱이라 부르지 않는가.

"지미짱."

"왜요?"

"너무 신기해서요. 대만은 팁을 주는 문화가 있나 봐요?"

"엥, 일본에서는 손님들이 팁을 안 줘요?"

"음, 거의 없다고 봐야겠죠? 일본에서는 사례금이라고 부르는데,
봉투에 넣어서 줘요. 이렇게 직접 다른 사람에게 지폐를 주지는 않죠. 예의가 없다고 생각해서."

"그래요? 그럼 엄청난 실례네요. 제가 대만 사람들 대신 사과하죠.
앞으로 그 예의 없는 돈은 이 동생이 대신 받으면 되죠?"

"하하, 그럴 필요는 없고요. 여행 중이니 로마에서는 로마법을 따라야죠."

흑, 로마에서 로마법을 따르지 않아도 된다고.

비록 한 조로 편성되긴 했지만 업무 중간에 짧게 대화를 나누거나 손님들이 아미에게 묻는 말을 통역하면서 아미에 대해 대략적으로

알게 되었다.

아미와 좀 더 자세한 이야기를 나눈 건 어느 깊은 밤이었다.

우리가 일하는 노래방은 24시간 운영했다. 그래서 직원들은 오전 조, 오후 조, 야간 조 이렇게 세 조로 나뉘었다. 오전 조는 오전 9시부터 오후 5시까지, 오후 조는 오후 5시부터 자정까지, 그리고 야간 조는 자정부터 오전 9시까지 근무했다.

나와 아미는 둘 다 오후 조였다. 이 조가 시간상으로는 가장 짧았다. 일곱 시간밖에 되지 않았지만 손님 대부분이 이 시간대에 와서 노래를 부르기 때문에 가장 바쁜 시간대이기도 했다. 물론 손님이 많으면 자연스럽게 팁도 많이 받는다. 내가 이 시간대를 선택한 이유였다.

겨우 두세 달 정도 되는 짧은 방학 기간을 이용해 생활비를 벌 생각이었던 의식 있는 젊은이인 나는 돈을 벌 기회를 마다할 수 없었다. 그래서 오전 조나 야간 조 직원이 대타를 구하면 늘 첫 번째로 지원했다.

그날 나는 야간 조까지 맡기로 했다.

휴일이 아니어서 자정이 지나자 손님이 거의 없었다. 나는 기뻐하며 아무도 없는 방에 숨어 들어가 기타를 품에 안고 스스로에게 심취해 있었다.

물론 다른 사람 앞에서 노래를 부르지는 못하지만, 기타 연주는 언제나 이 천재의 취미 생활 중 하나였다. 단순한 반주에 맞춰 흥얼거리다 보면 곡 하나가 탄생했고, 나는 그 재미에 푹 빠져 있었다.

혼자 고요히 개인 시간을 즐기고 있는데 갑자기 누군가 방문을 두드렸다.

어라, 이 시간에 누구지?

문이 열리자 더 놀랐다. 아미였다.

운동복을 입은 아미의 손에는 칫솔과 수건이 들려 있었다.

"지미짱, 실은 노래를 엄청나게 잘하네요."

"누가 몰래 들으래요. 응? 아니, 퇴, 퇴근 안 했어요? 여기 왜 있어요?"

"하하, 모르셨구나? 매니저님이 밤에 사무실을 빌려주셨어요."

뭐? 숙박비까지 아끼는 건가? 진짜 지독하군.

"그건 그렇다 치고, 지미짱 목소리 진짜 좋아요. 왜 사람들 앞에서는 안 불러요?"

"흠, 천재라도 두려운 게 있다고 칩시다."

"그렇구나. 근데 다른 사람한테 들려주지 않고 혼자 부르면 좀 외롭지 않아요?"

"뭐 하러 다른 사람한테 들려줘요. 저는 혼자 부르는 걸 좋아해요. 새로운 선율을 흥얼거릴 때의 그 뿌듯함은 엄청나요."

아미가 눈을 동그랗게 뜨고 나를 바라봤다.

"아니, 방금 부른 그게 직접 만든 노래란 말이에요?"

"네, 음… 앞으로는 몰래 엿듣지 말아요."

"대단해요, 지미짱. 원래 재능이 있었군요."

"어… 뭐 대단한 건 아니고, 제가 천재라 그냥 다 잘하는 거예요."

"그럼 지미짱 나중에 작곡가가 될 거예요?"

"네? 작곡가요? 하하하."

나는 아미가 농담하는 줄 알았다. 그러나 아미의 표정은 진지했다.

"조금밖에 못 듣긴 했지만, 제가 직감이 좋거든요. 지미짱은 작곡에 재능이 있어요."

"아, 작곡은 그저 재미로 하는 거예요. 밥벌이로는 안 되죠. 사람은요, 제대로 된 직업을 가져야 해요."

"에이."

아미가 한숨을 쉬었다.

"대다수 일본인의 인생관처럼 들리네요."

"아미의 인생관은 달라요?"

"네, 완전히 달라요."

"어떤 인생관을 가지고 있는데요?"

아미가 고개를 흔들며 말했다.

"많은 사람과 이 주제를 가지고 얘기해 봤는데 결국에는 늘 서로 자신의 주장만 펼치다가 기분만 상해서 이제는 말 안 하려고요."

"이 천재를 그런 일반인들과 똑같이 논하지 말아요."

"진짜 못 말리겠네요."

아미는 날 꺾을 수 없었다. 그래서 그날 우리는 정원에 놓인 의자에 앉아서 밤새 이야기를 나눴다.

"어디서부터 말해야 하죠? 음, 원래는 저도 다른 사람들처럼 평범하게 살았어요. 그런데 초등학생 때 한 가지 사건이 일어났죠."

아미는 일본 동북쪽에 있는 아키타에서 태어났다. 그곳은 겨울이 되면 전부 하얀 눈으로 뒤덮이는 해변 도시였다.

어느 날, 초등학교 교복을 입고 책가방을 멘 채 집으로 돌아가던 아미는 전차 정류장에서 키가 크고 마른, 금발에 파란 눈을 가진 외국인을 만났다. 그 외국 미녀는 커다랗고 무거운 배낭을 메고 정류장 밖 안내판에 붙은 포스터를 유심히 들여다보고 있었다.

청춘 18 티켓에 관한 포스터였다.

그때까지 외국인을 만나본 적이 없던 아미는 자꾸 그녀에게 눈길이 갔다.

"꼬마 아가씨, 이 포스터에 뭐라고 쓰여 있나요?"

난데없이 그 외국인 여성이 매우 어색한 일본어로 아미에게 말을 걸었다.

"음, 이건요, 내용이… 당신이 잘 모르는 지역에서 당신이 잘 모르는 사람들과…."

아미는 여성이 알아듣는지 알 수 없었지만 포스터에 적힌 글자를 읽었다.

잠시 뒤 그 외국인 여성은 웃으며 손을 흔들더니 전차를 타고 떠났다. 그리고 그날 이후 큰 배낭을 멘 그녀의 모습이, 활발하고 멋진 인상이 아미의 마음에 완전히 박제되었다.

"그 외국인이 전차를 타고 지평선 너머로 사라지는 모습을 보면서 생각했어요. '아, 아마도 엄청나게 먼 곳으로 가겠지? 저렇게 배낭에 물건을 꽉 채우고 혼자 세계를 여행하다니 얼마나 낭만적인 삶인가.'"

이 말을 할 때 아미의 눈은 반짝반짝 빛이 났다.

"그날부터 매일 전차로 등하교할 때마다 '내리지 않고 계속 남쪽으로 내려가다 보면 어디까지 갈 수 있을까? 어떤 사람들을 만나게 될까?' 하고 상상의 나래를 펼쳤죠."

아미는 말끝에 나를 가리키며 웃었다.

"이제 알겠어요. 지미짱을 만날 거였네요. 하하, 물론 다른 재미있는 사람들도 아주 많이 만나겠지만요."

"언제 여행을 시작했어요?"

내가 물었다.

아미는 고등학교를 졸업한 그해 청춘 18 티켓을 사서 일본에서 첫 나 홀로 여행을 시작했다고 말했다.

"청춘 18은 정말 대단한 티켓이에요."

아미가 말했다.

"저한테 자유를 줬거든요. 경로를 미리 정할 필요도 없고, 느낌과 직감에 기대어 여행할 수 있어요. 그러면서 여행 중간에 만나는 예상치 못한 일들이 제일 멋지다는 사실을 알게 됐죠. 여행지를 정해놓고 다녔다면 아마 그런 뜻밖의 경험은 하지 못했을 거예요."

여기까지 이야기했을 때 날은 이미 밝은 후였다.

"인생도 그런 것 같아요. 물론 계획대로 정해진 길을 가는 것도 나쁘지 않지만, 길을 걷다가 마음을 더 흔들어 놓는, 더 끌리는 풍경을 만나면 경로를 좀 바꿔도 괜찮지 않을까요?"

"음….'

"그러고 보니 지미짱은 왜 아무 말도 안 해요?"

"아, 방금 말한 부분이 너무 어려워서요. 제 일본어 실력으로는 따라가기가 힘드네요."

"너무해요, 엄청 진지하게 말한 건데."

"걱정하지 말아요. 제 생각을 어떻게 표현해야 할지는 몰라도 다 알아들었어요."

"정말이에요?"

"정말이에요."

"그럼 다행이고요. 지미짱은 제 이야기를 다 듣고 나서도 저를 가르치려 들지 않은 첫 번째 사람이에요. 그리고 제 생각에도 조금 전에 제가 했던 말이 너무 멋진 것 같거든요. 이 이야기를 '아미의 청춘 18 인생철학'이라고 부르겠어요."

그날 아미는 나에게 선물을 하나 건넸다. 그것은 청춘 18 티켓의 포스터였다.

"이거 내가 역무원한테 무진장 공들여서 얻어낸 거예요."

결론짓자면, 이것이 나와 아미가 처음으로 나눈 제대로 된 이야기였다.

그때의 나는 이른바 '아미의 청춘 18 인생철학'이 나중에 나에게 이렇게 큰 영향을 끼칠 줄은 상상도 하지 못했다.

샤오후이는 하품하며 방문을 열고 나오다 아직도 거실에서 지미의 다이어리를 보고 있는 안치를 발견했다.

"아이고, 못 살아. 여태 보는 거예요?"

안치가 고개를 들었다. 샤오후이는 이마를 찌푸린 안치의 표정을 살폈다.

"왜요?"

"에잇, 보고 있자니 힘들어서."

"왜요? 글씨를 너무 엉망으로 써서요? 아니면 글이 너무 별로라서?"

"그게 아니라, 다 보고 나서 말해줄게."

"아뇨, 가죽 재킷남 이야기는 몰라도 상관없거든요."

샤오후이가 시계를 힐끗 쳐다봤다.

"아무래도 잠시 뒤 일정은… 변경하자고 전화해야겠죠?"

안치가 다이어리를 덮으며 말했다.

"됐어, 가자. 이 언니 기분 전환이 필요해."

도쿄도 북부에 있는 이바라키현 내를 운행하는 두 량짜리 스이군선 일반 열차가 천천히 북쪽을 향해 달리고 있다.

정오 무렵이라 객차 안에는 사람이 많지 않다. 대부분이 현지 주민인 노인과 학생이다. 지미를 제외하고.

지미는 갖고 있던 청춘 18 티켓 포스터를 멍하니 바라보았다.

포스터를 다이어리 사이에 꽂아놓은 뒤로 벌써 10여 년이 흘렀다. 갑작스레 일본행을 결심했을 때, 이유는 모르겠지만 이것을 챙겨 휴대용 가방에 집어넣었다.

포스터에는 유카타를 입은 청초하게 생긴 여학생 두 명이 창가에 앉아 있는 흑백사진이 실려 있었다. 한쪽에는 빨간 글씨로 일본어가 적혀 있다.

'정해진 경로가 없는 게 가장 좋다.'

어라, 얼핏 보기엔 굉장히 멋진 여행 방식이네. 그러나 그 당시 아미는 일본의 철도 시스템이 이렇게 복잡하다고는 말해주지 않았다.

그래서 지미의 청춘 18 여행은 끔찍하게도 도쿄 시내에서 몇 시간을 허비하다가 겨우 스타트를 끊었다.

우선 공항에서 첫 번째 열차를 타고 우에노역까지 이동했다. 그곳에서 지미는 여러 차례 기차를 갈아탔고, 환승할 때마다 길을 잃었다.

특히 신주쿠역은 최고난도 롤플레잉 게임 속 미로보다 더 복잡했다.

거기다 마침 혼잡한 출근 시간과 맞물려 지미는 무거운 배낭을 메고 빈틈을 찾을 수 없는, 군중으로 가득 찬 신주쿠역 미로에서 30분을 헤맸고, 덕분에 정신을 잃을 뻔했다.

맙소사, 타이베이 지하철역도 끔찍했는데 이곳에 비하면 거긴 갓난아이 수준이군.

간신히 열차를 갈아타고 우에노역으로 돌아왔을 때 지미는 쓰러지기 일보 직전이었다.

정해진 경로가 없어도 된다는 청춘 18 여행이건만 어째서 계속 같은 노선에서만 맴도는 거지?

시작부터 느낌이 좋지 않군.

"저기요, 무슨 열차를 타야 여기에서 벗어날 수 있어요?"

미치기 일보 직전인 지미에게 붙들린 역무원은 그의 질문을 듣고 어리둥절한 표정을 지었다.

"어느 열차를 타야 도쿄 시내를 벗어날 수 있나요? 북쪽으로 가는 거면 더 좋고요."

역무원의 안내에 따라 지미는 조반선 열차에 올랐다.

얼마 후 창밖의 건물이 하나둘씩 사라지고 열차 안의 사람들도 점점 줄어들고 나서야 지미는 안도의 한숨을 내쉬었다.

열차의 종착지는 미토라는 곳이었다.

조금 전 탔던 열차에는 화장실이 없어 꾹 참았던 지미는 '물의 문호水之門戶[*]를 활짝 개방하고 난 후에야 대형 쇼핑몰과 연결된 미토역을 여유롭게 구경하며 점심에 기차에서 먹을 야키토리 도시락과 커피를 샀다.

미토역에는 선택할 수 있는 간선이 또 있었다. 하지만 이번에는 그렇게 복잡하지 않았다.

조반선 열차를 타고 계속 북쪽으로 갈 수도 있지만, 기분 전환이 필요할 때는 다른 플랫폼에 정차 중인 두 량짜리 고풍스러운 스이군선 미니 열차도 매력적이다. 이 열차는 화장실이 있다는 점이 포인트였다. 역무원이 이 열차는 북쪽에 있는 고리야마까지 운행하며 네 시간이 걸린다고 설명했다.

지미는 열차에 탄 승객이 눈에 띄게 적다는 사실을 깨달았다. 열차의 속도가 느려지자 창밖으로 숲, 논과 밭, 일본식 가옥 등으로 이루어진 시골 풍경이 펼쳐졌다.

기차에서 포스터를 접어 넣은 지미는 창밖의 풍경을 계속 바라보며 넋이 나가 있었다.

정말 모든 고민을 잊게 만드는 풍경이었다. 정신없던 오전도, 지금 이 순간의 고요함과 평화로움도.

그제야 조금씩 외국에 왔다는 느낌이 들었다.

* 미토水戶의 한자 표기를 이용한 언어유희다.

여기는 낯선 일본. 열차에 탄 나는 다음 역이 어떤 곳인지, 어떤 풍경이 펼쳐질지, 어떤 사람들이 사는 곳인지 전혀 알지 못한다. 게다가 지금 탄 이 열차가 종점에 도착하면 그다음엔 어떤 열차로 갈아타야 계속 북쪽으로 갈 수 있는지도 모른다.

어휴, 이거야말로 지금 내가 처한 상황과 비슷하지 않은가? 옛날에는 이루고 싶은 것과 나아갈 방향을 확실히 알고 있다고 생각했다. 그러나 지금 나는 인생의 다음 역이 어디인지 전혀 알지 못한다.

쳇, 이제 이런 생각은 그만하자. 난 천재니까 분명 방법을 찾아낼 거야.

열차가 역에 정차하자 승객 몇 명이 타고 내렸다. 다들 현지 주민처럼 보였고, 열차를 타는 시간도 길지 않았다. 지미는 열차에 승객이 줄면 풍경을 감상했고, 승객이 많아지면 각양각색의 일본인을 구경했다.

하지만 대부분의 시간 동안 머릿속은 난데없이 떠오르는 이런저런 생각들로 가득했다.

"삐."

열차 문이 열리고, 또 다음 기차역에 도착했다.

한 무리의 여학생들이 재잘재잘 수다를 떨며 열차에 올라탔다. 여학생 무리가 맞은편 긴 의자에 나란히 앉자 생각의 나래가 안드로메다까지 갔던 지미는 곧장 정신을 차렸다.

어, 치마가 너무 짧은데. 기온이 영하 10도 아래인 것 같은데 일본 여학생들은 추위를 안 타나.

더 치명적인 점은 바로 맞은편에 앉은 청순한 미모를 가진 여학생이 다리를 꼰 채 친구들과 즐겁게 이야기를 나누고 있다는 사실이었다.

하하, 정말이지 너무하는군. 왜 풍경 감상 중인 나를 방해하는 거지?

지미는 창밖의 풍경에 시선을 두려고 노력했지만 눈동자가 자꾸만 방향을 바꿔 예기치 못한 청춘 18의 광경을 엿보았다.

짜증 나네. 설마 이게 생물학적 본능이란 건가? 이런 상황에서 어떻게 여행에 집중할 수 있겠냐고.

"죄송해요. 저희는 만실이라."

호텔 데스크 직원이 90도로 인사하며 지미에게 미안함을 표했다.

이날 밤, 지미는 스이군역에 도착한 후 마음 가는 대로 또 다른 열차로 갈아탔다. 어둑어둑해져서야 아이즈와카마쓰라 불리는 종점에서 내렸다.

역 밖으로 나오니 차가운 비가 얼굴을 때렸다. 아휴, 엄청나게 춥네.

진짜 너무 추웠다. 일단 빨리 밤을 보낼 곳을 찾는 게 급선무였다.

지미는 역 주변에 있는 눈에 보이는 호텔과 모텔을 모두 돌았지만 전부 만실이었다.

아, 어떻게 이럴 수 있지?

아미가 이야기한 청춘 18 여행에 이런 스릴 넘치는 장면은 없었는데.

호텔 밖 처마 밑에서 가랑비를 흩뿌리는 하늘을 쳐다보고 있자 묘한 감정이 일렁였다.

아이즈와카마쓰라는 지역은 산속에 위치한 도시 같았다. 해발이 꽤 높아서 더 추웠다. 조금 전 호텔을 찾으러 다닐 때도 길가에 쌓인 눈 더미가 보였다.

눈, 말로만 듣던 눈. 이 몸이 평생 본 적도 없는 것.

그런데 실제로 만져보고 밟아보니 이, 이건 빙수가 아닌가. 거기다 흙까지 묻어 있는 아주 더러운 빙수.

결론은 이런 빙수 눈이 높이 쌓여 있는 것만 봐도 이 지역의 온도가 0도 혹은 그보다 아래라는 사실을 추측할 수 있었다는 것이다. 그렇지 않았다면 벌써 다 녹아버렸을 테니까.

한 번도 대만을 떠난 적이 없던 지미에게 이렇게 춥고 또 비까지 내리는 상황은 난생처음 겪는 뼈아픈 시련이었다. 물론 야스다 군과 교환한 여행용 방한복을 걸치긴 했지만, 옷 밖으로 나와 있는 손가락과 뺨, 귀는 이미 얼얼한 상태였다.

맙소사, 어쩌지? 이러다 죽는 거 아니야?

내가 죽으면 누가 날 위해 울어주려나. 음, 할머니는 분명 엄청 우실 거고, 아마 안치도….

쓸데없는 생각을 하고 있는데 갑자기 누군가 지미의 어깨를 툭툭 쳤다. 호텔 데스크 직원이었다.

"저기… 조금 멀긴 한데요, 이 호텔에 한번 가보세요. 제가 방금 전화로 물으니 방이 있다고 하네요."

주소가 적힌 종이를 건네며 친절하게 가는 방향까지 상세히 설명해 주는 직원을 보자 지미는 앞에 있는 이 여성이 마치 구세주처럼 느껴졌다.

"정말 감사합니다."

잠시 후 지미는 우여곡절 끝에 무사히 호텔에 체크인했다.

호텔 근처 라면 가게에서 그때까지 먹어본 것 중 가장 맛있는 라면을 한 그릇 비우고 나자 온몸이 노곤해져 씻을 기력도 없었다. 지미는 바로 침대에 누워 곯아떨어졌다.

업무를 끝낸 안치는 연신 하품하는 샤오후이에게 집에 가서 좀 쉬라고 명령한 후 혼자 아파트로 돌아왔다.

씻고 나서 '집순이 모드'로 변신하니 몸이 한결 가볍게 느껴졌다.

어제저녁부터 지금까지 리무진에서 자다 깨다를 반복하며 겨우 몇 시간 눈을 붙인 터라 살짝 피곤하긴 했지만 잠이 오지 않았다.

"지미 이 나쁜 놈. 또 전화를 안 받네."

지미는 여전히 전화가 연결되지 않았다. 안치가 던진 핸드폰이 지미의 다이어리와 부딪히며 툭 하는 소리를 냈다.

안치는 다이어리를 집어 들고 계속 읽을지 잠시 망설였다. 다 읽고 나면 기분이 아주 나쁘리란 예감이 들었다.

내려놓았다 다시 들기를 여러 번 반복한 안치는 결국 호기심을 누르지 못하고 불을 켠 뒤 계속해서 지미의 일기를 읽어 내려갔다.

지미의 일기

손님 외에 노래방 동료들 역시 아미에게 궁금한 것이 많았다. 그들은 아미와 이야기할 수 있게 통역을 좀 해달라며 온종일 나를 못살게 굴었다.

지금 와서 생각해 보면 내가 너무 자비가 넘쳤던 것 같다. 당시 5분 단위로 통역비를 받았다면 한 달 생활비는 더 벌 수 있지 않았을까. 거의 모든 동료가 아미에게 호기심을 보였다. 어쨌거나 대부분 생활권 내에서 외국인을 만나기 힘들었으니까. 하지만 남자 동료 가운데 일부는 다른 생각을 품고 있기도 했다. 샤오창과 고기만두, 이 두 사람이 대표적인 인물이었다.

가소로운 두 사람이 아미의 관심을 끌기 위해 얼마나 바보 같은 짓을 했는지 모른다. 그중 가장 대표적인 것이 고기만두의 '90도 인사 사건'이다.

고베 통나무 노래방 사장은 부자라서 자이에 많은 가게를 가지고 있었다. 사장은 대략 격주 꼴로 가족이나 친구를 대동하고 와서는 노래도 부르고 그 김에 가게도 관리하곤 했다. 사장이 올 때마다 매니저는 매번 엄청나게 긴장했다.

업무에 투입되고 며칠 뒤, 나 역시 처음으로 일명 '황제의 순찰'을 접할 기회를 얻었다.

그날 막 출근해 카드를 찍었을 때 매니저가 모든 직원을 로비로 집합시켰다.

"믿을 만한 소식통에 따르면 오늘 저녁에 사장님이 가족분들과 함께 노래를 부르러 오신다고 해요."

매니저가 선포했다.

"사장님을 맞이하기 위해 아미가 여러분에게 일본식 인사를 알려 줬으면 해요."

잘 보이기 위한 이런 노력에 난 그저 경탄할 뿐이었다.

"그럼, 제가 먼저 시범을 보일게요. 여러분 잘 보세요."

아미는 이미 이 임무를 알고 있었다는 듯 빙그레 웃으며 직원들에게 일본식 인사를 선보였다. 그리고 나는 평소처럼 옆에서 통역했다.

"보통 가장 흔히 볼 수 있는 인사 종류는 10도, 30도, 그리고 45도가 있고요, 요령은 상반신을 꼿꼿이 세워야 한다는 거예요. 허리를 굽히면 안 되고요. 시선은 앞을 보셔야 합니다. 남자의 경우 손은 허벅지 양옆에 붙이고요, 여자는 저처럼 몸 앞에다 둡니다."

아미가 설명하면서 시범을 보였다. 매니저는 한쪽에서 직원들에게 따라 하라고 시켰다.

"인사 각도마다 사용되는 상황이 다릅니다. 간단하게 말하면 인사 각도가 클수록 더 큰 존경을 표시한다고 볼 수 있죠. 만약 손님을 맞이하는 상황이면 30도나 45도로 인사하고, 그러면서 '어서 오세요'라고 말하면 돼요."

"질문이요, 90도 인사는 없어요?"

아저가 뜬금없이 손을 들고 물었다.

"있긴 한데요."

아미가 웃으며 답했다.

"하지만 그건 아주 공식적인 상황이거나 극도의 존경 또는 사죄를 전할 때 하는 거예요. 일례로 천황을 만났을 때처럼요."

"각도가 클수록 대단하다는 뜻이군요."

고기만두가 중얼대는 소리가 내 귀에 들어왔다.

어라, 내가 통역한 건 그게 아니잖아.

직원들은 모두 열심히 연습했다. 한동안 로비는 '어서 오세요'라는 말과 함께 허리를 숙였다 펴는 일본식 인사를 연습하는 직원들의 모습으로 꽤 볼만했다.

"지미짱, 조금 더 굽혀야 해요."

아니, 왜 이 천재한테 이런 일을 시키는 거람.

배운 것을 적용할 시간이 금방 다가왔다. 문 앞에서 동향을 살피던 매니저가 사장의 벤츠가 도착한 것을 보고 바로 무전기로 전체 직원 동원령을 내렸다.

채 30초도 지나지 않아 직원들은 문 앞에 두 줄로 정렬해 사장이 오길 기다렸다.

딩동.

자동문이 열리자 사장이 가족들과 함께 가게로 들어왔다.

"어서 오세요."

매니저가 신호를 보내자 직원들이 칼군무를 하듯 딱 맞춰 일본식 인사를 했다.

찌익.

거의 동시에 고기만두가 서 있는 쪽에서 옷이 찢어지는 소리가 선명하게 들려왔다.

직원 모두가 45도로 인사할 때 고기만두만 좀 더 튀어 보이겠다고 90도 인사를 한 것이다. 고기만두라는 별명이 괜히 지어진 게 아니었다. 그의 몸을 뒤덮은 살덩어리는 이미 너무 꼭 맞는 양복바지에 억눌린 상태였다. 그런데 90도 인사라는 과감한 동작으로 인해 취약했던 양복바지가 견디지 못하고 그만….

고기만두는 날카로운 비명을 지르며 엉덩이를 가리고 자리를 피했다. 어색한 침묵이 흐르는 가운데 사장 아들인지 손자인지 알 수 없는 아이가 푸하하 웃음을 터뜨렸다.

"와, 빨간색 속옷 입었네?"

직원 중 얼굴빛이 가장 잿빛으로 변한 사람은 매니저였다.

반면에 사장은 역시 세상 물정 다 겪어본 사람이라 그런지 아무런 내색도 하지 않고 매니저의 어깨를 가볍게 두드렸다.

"아주 잘했네. 요즘 실적이 몹시 맘에 들어. 게다가 일본식 서비스 느낌을 내다니."

매니저는 그제야 한시름 놓았다.

사장은 아미의 곁에서 잠시 발걸음을 멈췄다. 예상치 못한 점은 사장이 거의 완벽한 일본어를 내뱉었다는 것이다. 나보다 더 잘했다.

"자네가 아미인가?"

"네 사장님, 안녕하세요."

"하하, 전부터 우리 가게가 '고베'라는 명칭을 달고 있는데 일본 직원이 없어서 뭔가 허전한 느낌이 있었거든. 환영하네, 자네가 와서 참 좋네."

"감사합니다, 사장님. 열심히 하겠습니다."

'쳇, 당연히 좋겠지. 아미라는 마네키네코まねきねこ*가 들어왔으니 아마 요즘 돈 세느라 아주 바쁠 거야.'

"자네가 바로 그 일본어를 할 줄 안다는 학생인가?"

속으로 구시렁거리고 있는데 갑자기 사장이 나에게 관심을 보여 깜짝 놀랐다.

"아, 네."

"일본어는 어디서 배웠나?"

사장은 계속 나에게 일본어로 물었다.

"아, 어릴 적에 증조할머니께 배웠습니다."

"증조할머니? 일치시기日治時期에 배우신 건가?"

"네."

"음, 이곳 자이에서 일본어를 배우려는 젊은이 찾기가 쉽지 않은데."

"증조할머니가 키워주셔서요. 나중에 앓아누우셨을 땐 기억을 잃으셔서… 이유는 모르겠지만 일본어만 하셨어요."

"그렇군, 건강하신가?"

"2년 전에 돌아가셨어요."

"그렇구만. 그럼 잘 추스르고, 열심히 하게나."

사장은 직원들에게 격려의 말 몇 마디를 전하고 매니저의 안내를 받으며 노래방으로 들어갔다.

---

* 복을 가져다준다는 고양이 인형. 일본의 상점 또는 가게에서 자주 볼 수 있다.

챗, 일장 연설을 늘어놓더니 어째서 월급 올려주겠다는 말은 없는지. 아무튼 황제 순찰 경보는 이제 해제되었고, 고기만두 외에는 누구도 손해를 보지 않았다.

하지만 '90도 인사 사건' 다음 날 또 다른 사건이 일어났다.

짧은 아르바이트 기간 중 일어난 가장 중요한 사건이 뭐냐고 묻는다면, 나는 아미의 등장을 제외하곤 단연코 이 사건이라고 대답할 것이다.

그날, 출근하니 매니저가 직원 모두를 로비에 집합시켰다.

"여러분에게 좋은 소식을 하나 전달할게요. 요즘 우리 가게 실적이 아주 좋아서 사장님께서."

나는 즉시 손을 들었다.

"월급 인상인가요? 얼마나요?"

"호호, 아니고요."

매니저가 빙그레 웃으며 말했다.

"사장님께서 이런 열기에 힘입어 오래전부터 계획했던 이벤트를 열기로 하셨어요."

챗, 그게 무슨 좋은 소식이야? 월급 인상 안 해주는 건 그렇다 치고, 가게에서 이벤트를 열면 일이 또 늘어난다는 말 아닌가?

"와, 대박. 무슨 이벤트인데요?"

샤오창과 고기만두가 격앙되어 손을 들고 물었다.

진짜 순진한 녀석들이군. 사람들의 음흉한 속내를 저렇게도 모르다니.

"지금으로서는 이 이벤트를 일단 '고베 배杯 노래 대회'라고 부르려고요."

매니저가 말했다.

"그리고 직원들도 참가할 수 있다고 해요."

노래 대회? 흥, 그건 이 천재와는 상관없는 일 아닌가.

로비에서 환호성이 터져 나왔고 직원들 모두 마치 자신이 벌써 대상이라도 탄 것처럼 알 수 없는 흥분을 감추지 못했다.

"저기요, 저기요."

아미도 손을 들고 물었다.

"일본 노래도 가능한가요?"

"하하, 우리 가게에서 선곡할 수 있는 일본 노래라면 가능합니다."

아미는 대회에 참가할 생각이 있는 것 같았다. 확실히 이들 중에선 가장 순위권 안에 들 확률이 높은 사람이었다.

"사장님 비서가 세부 사항을 계획하고 있어요. 지금 확실한 건 가수 팀과 창작 팀 두 파트로 나눠서 진행한다는 거고요. 전문 심사 위원을 모실 예정이라고 해요. 음악 프로듀서로 유명한 리궈싱이 이미 심사 위원직을 승낙했다는 소문도 있어요."

뭐? 내가 잘못 들은 거야? 리궈싱이라고?

이 천재가 좋아하는 우상은 많지 않다. 나의 우상이라고 할 수 있는 사람은 마이크 조던 외에는 '대만 음악의 대부'라고 불리는 리궈싱 정도가 있었다. 사장이 그 사람을 심사 위원으로 모신다니. 대체 돈을 얼마나 쏟아부은 건가.

그리고 창작 팀이면 천재이신 이 몸의 전문 분야가 아닌가.

하지만….

"그럼, 질문이요."

내가 손을 들었다.

"창작 팀 파트는 창작한 사람이 직접 무대에 올라가서 노래를 불러야 되나요?"

"제가 아는 바에 따르면, 맞아요. 왜요?"

'음, 그렇구나. 그럼 정말 나랑은 관계없는 일이겠네.'

그때의 나는 그렇게 생각했다.

고베 통나무 노래방에서의 아르바이트 생활은 시끌벅적했지만, 그래도 평탄한 나날들이었다. 아미 역시 잘 적응해 갔다.

가끔 손님이나 동료 직원이 대만에서는 매우 일반적이지만 일본인에게는 무척 무례할 수 있는 말을 하곤 했지만, 아미는 그런 일을 겪으면 나에게 말하며 항상 웃어넘겼다.

"로마에 왔으면 로마법을 따라야죠. 대만 사람들은 조금… 열정적이면서 직선적인 것 같아요."

아미는 성격이 아주 좋았다. 나는 아미가 화내는 것을 거의 보지 못했다. 아미를 불쾌하게 하는 사람이 있다면, 그건 나라는 바보뿐이었다.

사건은 내가 새로 산 오토바이로 인해 일어났다.

아르바이트한 지 한 달이 지나 드디어 첫 월급날이 되었다. 거기다 이 기간 동안 팁을 꽤 두둑하게 받아서 나는 곧바로 일찍이 점 찍어둔 교통수단을 구매했다.

내가 새 오토바이를 타고 출근하자 동료들이 바로 알아챘다.

"와, 새로 샀네."

"광이 난다."

"비싸겠는데? 돈 팍팍 쓰네."

하하, 확실히 싸지는 않았다. 한 달간 번 돈과 팁을 다 썼으니. 하지만 이건 필수 교통수단 아닌가. 이 천재께서 타는 건데 싼 티를 풀풀 풍길 수는 없는 노릇이니까.

아미 역시 구경하러 왔다.

"어? 지미짱은 돈을 엄청나게 아끼는 줄 알았는데."

"하하, 아깝긴 하지만 학교 갈 때 타고 다닐 게 있어야 해서 일단 샀어요."

"어머, 결과 나왔어요? 지미짱, 대학교 합격한 거예요?"

"아, 망했네."

정말로 막 통지를 받고 합격을 확인한 차였다. 원래는 말할 생각이 없었는데 나도 모르게 입에서 튀어나와 버렸다.

"야, 들었어? 합격했대!"

"잘됐다. 밥 사라, 밥 사라."

말하지 않으려 했던 이유는 매우 간단하다. 알려지면 직원들에게 밀크티를 사야 했다. 이게 무슨 말도 안 되는 룰이람. 합격을 축하하는 의미로 나한테 밥을 사야 하는 거 아니야?

게다가 이 사람들은 그저 공짜로 얻어먹는 밀크티에나 관심이 있지, 내가 어디에 붙었는지는 전혀 궁금해하지 않았다.

아미를 제외하고.

"지미짱, 축하해요."

"별거 아닌데."

"지미짱, 어디에 붙은 거예요? 어떤 과요?"

"아, 타이베이에 있는 학교요. 전기 전공이에요."

"전기? 지미짱, 그런 거 좋아해요?"

"그건 아니고요. 제가 왜 그런 재미없는 걸 좋아하겠어요?"

아미는 궁금하다는 표정으로 나를 보았다.

"응? 안 좋아하는데 왜 그 과를 선택했어요?"

"전기과가 졸업 후 취업도 잘될 것 같고, 월급도 높을 것 같아서요. 전 아미랑은 다르니까요. 분명 아미는 집이 부유하니까 어릴 적부터 아무 걱정 없이 자랐고, 또 졸업하고, 이렇게 세계를 여행할 수 있는 거잖아요? 정말 부럽네요. 저도 평생 돈 걱정 안 하고 살았으면 좋겠어요, 하하."

혼자만의 생각에 취해 웃고 있던 나는 아미의 얼굴에서 미소가 사라졌다는 사실을 전혀 눈치채지 못했다.

"바보예요?"

아미는 이렇게 말하더니 뒤도 돌아보지 않고 자리를 떴다.

"네?"

그 후 저녁 내내 아미는 나에게 말을 걸지 않았다.

왜, 왜 그러는 건데?

이 몸은 말이지, 잘하는 게 천지에 깔렸고 못하는 건 거의 없지만, 화난 사람한테 어떻게 사과해야 하는지 같은 일에는 젬병이란 말이다.

그런 데다 난 아미가 왜 화가 났는지 그 이유조차 몰랐다.

그러나 다행히 이런 상황은 오래가지 못하고 종결됐다.

"지미짱, 말실수한 거 알죠?"

"어… 그런 것 같아요."

"정말! 화가 좀 났었어요. 하지만 고의가 아닌 건 알아요."

"휴, 안다니 다행이네요."

사실 그 당시에는 내가 무슨 실수를 했는지 알지 못했다.

"지미짱이 약속 하나 하면, 내가 용서해 줄게요."

"음, 뭔데요?"

다음 날은 우리 둘 다 쉬는 날이었다.

고베 통나무 노래방은 교대로 쉬었다. 아미와 같은 팀이었던 나는 당연히 쉬는 날도 아미와 맞춰야 했다.

결국 난 용서받기 위해 소중한 쉬는 날 하루를 바쳐 새로 산 오토바이에 아미를 태우고 도시 곳곳을 돌며 무료 기사 노릇을 해주기로 했다.

흑흑, 원래는 하루 종일 집에서 만화를 볼 계획이었는데.

"지미짱, 무슨 비디오 빌릴 거예요?"

비디오 대여점에서 아미가 엄청나게 신기해하며 여기저기 둘러보다 말했다.

"와, 〈슬램덩크〉다!"

애니메이션 세트를 집어 든 나를 보고 아미는 괜스레 기뻐하며 말했다.

"저도 좋아해요. 언제 볼 거예요?"

거참 시끄러워 죽겠네. 차분히 고를 시간 좀 주면 안 될까?

"어, 지미짱. 저기 뒤에 작은 방이 있어요."

"안 돼요! 절대로 들어가면 안 돼요."

서둘러 아미를 끌고 비디오 가게를 나왔다.

진짜, 어쩜 이렇게 아무것도 모를까? 일본 비디오 대여점에는 설마

저런 '금기의 장소'가 없나?

가게를 나온 후 아미는 또 새로운 요구 사항을 말했다.

"그, 어렵게 시간을 낸 거니 우리 자이에만 있지 말아요."

"…그럼 어디 가고 싶은데요?"

"지미가 자란 지역에 가보고 싶어요."

"제가 자란 지역이요? 거긴 시골인데. 아무것도 없어요."

우리는 오토바이를 타고 자이를 벗어나 시골길을 달렸다.

원래는 무료 통역사로 시작한 일이었는데 이젠 무료 기사에 무료 가이드라니. 이 천재가 뭔가에 속았다는 생각이 머릿속을 떠나지 않았다.

"지미짱, 뭐라고 구시렁대는 거예요?"

"아무것도 아니에요."

"표정이 왜 그래요? 어렵사리 시간 내서 놀러 가는데 놀 땐 신나게 놀아야죠. 봐요, 풍경이 얼마나 멋져요."

"멋지긴 뭐가 멋져요. 어릴 적부터 쭉 봐온 건데."

"하하, 하지만 지미가 전에 본 풍경에는 제가 없었잖아요."

그렇게 말하면 뭐 일리가 있긴 하지만.

"우리 지금 어디 가는 거예요?"

"흐흐, 좀 있으면 알게 될 거예요."

내가 태어나고 자란 민승이란 곳은 보기에는 정말 특별할 것 없는 평범한 시골이다. 하지만 유명한 관광지를 꼽으라면 인기가 많은 곳이 꽤 있긴 했다.

"아니 지미짱, 여기 너무 무서워요."

민슝의 폐가. 대만에서 가장 무서운 원혼들은 모두 모여 있다는 오래된 고택이다.

여기에 서서 벵골보리수 나무와 한 몸이 된 듯 가지와 넝쿨로 무질서하게 뒤덮인 커다란 폐가를 보는 것만으로도 등골이 오싹했다.

흐흐, 그러게 누가 이 천재를 무료 가이드로 부리래? 이 몸도 처음 와보는 거라 얼마나 무서울지는 잘 모르겠지만. 나중에 괜히 여자를 함부로 대한다는 둥 그런 말 하기 없기다.

귀신의 집으로 들어가는 건 마치 다른 시공간으로 들어가는 듯한 느낌이었다.

분명 대낮인데도 섬뜩함과 기이함이 혼재된 음울한 기운이 드리운 것 같아 덜덜 소름이 끼쳤다. 온몸의 털이 곤두서는 듯했다.

맙소사, 지금은 여름이 아닌가.

"하하, 정말 조금 무섭네요. 여기 진짜 멋진데요."

잠깐, '조금' 무섭다고? 무섭다는 표현 조금 더 해주면 안 될까? 너무 비협조적인 거 아닌가.

어째서 극도의 긴장감이 느껴지지? 아, 아닐 거야, 이 천재가 무서워할 리가 없지.

"으악!"

갑자기 뒤에서 아미가 비명을 질렀다. 나무에 있던 새 몇 마리가 놀라 달아났다.

"엥, 지미짱 안 놀라네요? 겁이 전혀 없어요."

…저기요, 사람이 너무 놀라면 그 어떤 반응조차 못 한다는 사실 몰라요?

"이만하면 집은 다 봤고, 많은 사람이 뛰어내려 자살했다는 그 우물은 어디예요?"

"아, 그거… 지, 지금 수리 중이라 못 본대요."

"진짜요? 아쉽다."

드디어 바깥으로 나와 다시 해를 마주했다. 나는 황급히 아미를 데리고 귀신이 나온다는 곳을 빠져나왔다.

"하하, 정말 재밌어요. 일본에도 무서운 폐가가 무지하게 많거든요. 일본에 오면 제가 데리고 갈게요."

그건 진심으로 사양할게요.

폐가를 나온 우리는 부따이布袋* 항구에 가 바다도 보고 베이강에 있는 마주媽祖** 사원에 가서 기도도 했다.

여름의 민슝은 무척 뜨거웠다. 피부가 따끔할 정도로 태양이 내리

---

* 지형이 주머니처럼 생겼다고 하여 지어진 이름이다.
** 중국 민간신앙에 등장하는 바다의 여신.

쬈다. 오토바이를 타고 습기 가득한 뜨거운 바람을 맞으며 달리니 마치 불에 달궈지는 듯한 느낌이었다.

나야 뭐 상관없었지만 저 먼 북쪽 나라에서 온 아미는 좀 힘들어 보였다.

그래서 도중에 세 번이나 멈춰 빙수를 먹었다.

마지막으로 아미의 고집을 이기지 못해 증조할머니 묘에 가서 잡초를 뽑았다.

"할머니 덕분에 제가 이렇게 무료 통역사 겸 기사를 됐네요, 감사합니다."

손을 가슴에 합장하고 묘 앞에서 한다는 소리가 이 무료 노동자의 감정은 전혀 고려하지 않은 말이라니 정말 대단하군.

"…그리고 지미짱을 잘 가르쳐주신 것도 감사합니다. 말을 조금 막하긴 하지만 사람은 참 좋아요, 자상하고요."

쳇, 그렇게 말하면 내가 또 어떻게 돈을 달라고 하겠나.

결국 그날 자이 시내로 돌아왔을 때는 이미 어둠이 내린 후였다.

문화로에서 닭고기 밥을 먹은 우리는 걸으면서 이야기를 나눴다.

"지미짱, 고마워요."

"뭘요."

"음, 진짜 즐거웠어요. 사실 요즘 제가 좀 우울했는데 지미짱이 다시 힘을 낼 수 있게 해줬어요."

"우울했어요? 전혀 그렇게 안 보이던데."

"헤헤, 우리 일본 사람들은요, 대만 사람들과 달리 자기 기분을 잘 숨긴답니다."

"벌써 꿈을 이뤘고, 지금 여행 중이잖아요. 근데 왜 우울해요?"

아미가 살짝 웃었다.

"제가 아무한테도 말하지 않은 게 있는데요. 사실 자이에 오기 전에 하마터면 세계여행을 포기하고 다시 일본으로 돌아갈 뻔했어요. 그땐 여행에 가진 아름다운 환상과 인간에 대한 믿음이 모두 사라지기 직전이었거든요."

아미는 이어서 자신을 공황에 빠트린 사건에 관해 이야기했다.

사건은 타이베이에서 발생했다. 그때 아미는 막 세계여행을 시작했고 타이베이는 그녀의 첫 여행지였기에 얼마나 기대에 차 있었을지는 안 봐도 훤했다. 아미는 미지의 도시를 호기심 가득한 마음으로 탐색하는 것 외에 여행에서 각양각색의 사람들을 만나고 싶은 마음도 절실했다.

그러던 중 롱산스龍山寺*를 구경하다 일본어를 할 줄 아는 현지인 저우 언니를 알게 되었다. 두 사람은 처음부터 서로 죽이 잘 맞았다. 저우 언니는 아미에게 대만 북부를 거의 다 구경시켜 주었고,

---

* 도교, 불교, 민간신앙이 혼재된 대만에서 가장 오래된 사원.

심지어 여행 경비를 절약하라며 자신이 빌린 방에서 묵도록 해주었다.

두 사람은 말도 잘 통해서 밤을 새워 이야기를 나누기도 했다.

그렇게 2주가 흘렀다. 어느 날 저우 언니와 대화하느라 새벽에 잠든 아미는 오후가 되어서야 일어났다.

그런데 뭔가 이상한 느낌이 들었다. 저우 언니가 자취를 감추고 전화도 받지 않았다.

더 큰일이었던 점은 허리 가방에 넣어 몸에 지니고 다니던 여행 경비, 즉 여행자 수표가 전부 사라졌다는 사실이었다.

아미는 곧바로 은행에 분실신고를 했지만, 그 짧은 시간에 여행자 수표 대부분이 이미 현금으로 인출된 상태였다.

서명을 확인해야만 현금으로 바꿔주는 안전성 때문에 여행자 수표를 선택한 것인데 어떻게 그렇게 쉽게 현금으로 교환할 수 있었는지 아미는 도무지 이해되지 않았다. 아미는 며칠 동안의 일을 곰곰이 곱씹었다. 전에 은행에서 여행자 수표를 바꿀 때 저우 언니가 통역을 해줬고, 당시 그녀는 아미의 서명을 비롯해 모든 것을 자세히 보고 있었다.

아미는 울고 있을 시간조차 없었다. 저우 언니가 가명으로 빌린 방의 계약도 그날로 끝나서 어쩔 수 없이 그곳을 떠나야 했다.

경찰에 신고는 했지만 아미는 그제야 자신이 저우 언니에 관해 그 어떤 정보도 가지고 있지 않다는 사실을 깨달았다. 사진조차 없었다. 보아하니 도둑맞은 돈을 다시 찾기는 힘들 것 같았다.

며칠을 노력해 봤지만 아미는 결국 포기할 수밖에 없었다. 그리고 이 사건으로 인해 타이베이라는 도시에 두려움과 실망감을 느껴 기차를 타고 자이로 온 것이다.

"그 여행 경비는 대학교 다니는 4년 내내 아르바이트 두 개를 병행 하며 모은 돈이었어요. 굉장히 어렵게 모았죠."

아미가 말했다.

"제가 중학생 때 부모님이 이혼하셨거든요. 저는 엄마랑 살았고 가 정 형편이 아주 좋지는 못했어요. 그래서 어릴 때부터 생각했죠. 대 학에 들어간 뒤에는 집에서 한 푼도 가져가지 않겠다고."

뭐라고? 아미의 집안 형편도 나랑 거의 비슷했네?

"그러니 어제 지미가 돈 때문에 걱정해 본 적 없는 공주님이라고 말 했을 때 내가 얼마나 속상했는지 알아요?"

"아, 저, 정말 미안해요."

"하하, 지미짱 잘못 아니에요. 지미짱은 아무것도 몰랐으니까요. 하 지만 만약 정말로 미안하다는 생각이 들면…."

걷다 보니 우리는 이미 문화로를 벗어나 기차역 부근의 영화관 앞 에 도착해 있었다.

"영화 한 편 보여줘요. 그러면 완전히 용서해 줄게요."

역시 보통내기가 아니네. 이렇게 스리슬쩍 영화를 보여달라고?

"다 중국어 자막일 텐데 중국어도 모르면서 어떻게 보려고요?"

"그렇네요, 그건 생각을 못 했어요."

아미는 말끝에 갑자기 발걸음을 멈췄다. 우리는 동시에 벽에 걸려 있는 커다란 영화 포스터를 올려다봤다.

순백색 배경의 포스터였다. 중앙에 검은 옷을 입은 단발머리 여자가 고개를 들어 하늘을 바라보고 있었다.

영화의 제목은 〈러브레터〉, 일본 영화였다.

"우와."

일본 여행 두 번째 날, 잠을 푹 잔 지미는 아침 일찍 일어나 청춘 18 티켓에 다음 도장을 찍고 여정을 이어갔다.

기차가 역에서 출발한 지 얼마 지나지 않아 지미는 창밖의 풍경에 매료되었다.

눈앞은 순백의 설원이었다.

반에쓰사이선 열차는 이나와시로호수를 따라 운행했다. 이 시기 초봄의 북쪽 고원에 쌓인 눈은 아직 녹지 않는다. 눈앞의 모든 대상이, 집이든 나무든 아니면 얼어붙은 호수든, 모든 것이 흰 눈에 덮여 있었다. 남쪽 섬나라에서 온 지미에게 이것은 난생처음 보는 장관이었다.

열차는 작은 조각배처럼 지미를 싣고 순백의 바다 위를 서서히 전진했다.

추위, 외로움, 아름다움, 고요함. 결론적으로 너무 눈부셨다. 다른 말로 형용할 수 없을 정도였다.

이 시간대에는 열차에 사람이 많지 않다. 지미를 제외하고는 50~60대로 보이는 푸근한 인상의 아주머니 한 명뿐이었다.

아주머니는 지미의 바로 맞은편에서 멀지 않은 곳에 앉아 있었다. 하지만 눈앞의 풍경에 푹 빠진 채 감탄하던 지미는 한참 후에야 비로소 아주머니의 존재를 인식했다.

손과 발을 써가며 지나치게 경탄하던 자신의 행동을 뒤늦게 깨달은 지미는 서둘러 겸연쩍은 마음을 표했다.

"죄송해요. 제가 너무 무아지경이었네요."

"괜찮아요. 설경이 정말 아름답죠?"

"네, 정말 예쁘네요."

"설마 눈 처음 보세요?"

"네, 〈러브레터〉라는 영화 아시죠?"

"알아요, 대단히 낭만적인 영화죠."

"그 영화를 본 뒤로 설원을 지나는 열차를 타는 게 제 꿈 중 하나였는데 오늘 이뤘어요."

아주머니가 웃으며 말했다.

"그래요? 근데 꼭 그것 때문만은 아니죠? 제가 보기엔… 여자랑 관련이 있는 것 같은데.”

‘이건 또 무슨 근거 없는 추측이지?’

지미는 생각했다.

일본인의 직감은 이리도 정확하단 말인가.

타이베이. 안치가 침대에서 일어났다.

양치질하며 지미에게 전화를 걸었다. 예상대로 지미는 또 전화를 받지 않았다.

“뭐 하자는 건지.”

안치는 핸드폰을 내려놓고 지미의 다이어리를 집어 들었다.

어쩌지, 계속 읽을까? 안치는 좋지 않은 예감이 들었다. 아무래도 엄청나게 화가 날 만한 것을 볼 것 같은 느낌이었다.

한참을 망설이던 안치는 결국 다이어리를 펴고 계속해서 읽어 내려갔다.

지미의 일기

〈러브레터〉는 내가 봤던 영화 중 가장 낭만적이고 감동적인 작품이었다. 하지만 그 영화 때문인지 아니면 아미와 같이 봐서인지 나조차 잘 모르겠다.

영화의 결말도 좋았지만, 나에게 가장 큰 여운을 준 것은 평범하고 일상적인 영화 속 한 장면이었다.

그건 바로 흰 눈으로 뒤덮인 선로 위를 달리는 작은 열차가 나오는 장면이었다.

"아… 여기 이 열차, 나도 타본 것 같아요. 청춘 18 여행을 할 때요."

그 장면을 볼 때 아미는 내 쪽으로 다가와 목소리를 낮춰 말했다.

다른 사람에게 피해를 주지 않기 위해 내 쪽으로 아주 가까이 다가 왔고, 아주 작은 목소리로 말했다. 아미의 몸이 내 어깨에 맞닿은 것이 느껴졌고, 얼굴은 거의 붙을 정도였다. 아미의 입에서 나오는 열기에 얼굴이 빨갛게 달아오르는 것 같았다.

아, 그래서 깊은 여운이 남았다는 말은 절대 아니다. 물론 그 당시 심장이 터질 것 같긴 했지만.

〈러브레터〉를 본 뒤 아미가 아직은 노래방에 돌아가고 싶지 않다고 해서 우리는 자이 거리를 하염없이 걸었다.

"지미짱, 방금 그 결말이요… 몰래 울었죠?"

"…진짜 사악하네요. 어떻게 안 울 수가 있어요?"

"하하, 어쩔 수 없어요. 저도 감동하긴 했는데, 아마도 감성 세포가 지미짱처럼 발달하지 않았나 봐요."

그거야 당연하지. 이 몸은 감성적이면서도 섬세한 천재니까.

"감수성이 풍부해서 지미짱이 작곡에 소질이 있는 것 같아요. 솔직히 노래 대회에 나가고 싶지 않아요?"

대단한데, 그걸 간파하다니.

"나가고 싶긴 한데, 알다시피 전 다른 사람 앞에서는 노래할 수 없어서요."

그때 아미가 발걸음을 멈추고 진지한 눈빛으로 날 쳐다봤다.

"내 앞에서도 못 해요?"

"네?"

아미는 나를 끌고 근처 악기점으로 들어가더니 전시용 기타를 들어 나에게 건넸다.

"방금 그 영화에 나온 중국어 주제곡 엄청 좋던데. 지미짱, 부를 수 있어요?"

"장학우의 「러브레터」요? 당연하죠. 그렇게 단순한 노래는 이 천재가 몇 번만 들으면 가능해요."

"그럼 불러줄 수 있어요?"

"네?"

아, 안 돼요.

곧 영업 종료를 앞둔 악기점 2층 전시실에는 우리 둘밖에 없긴 했지만, 아미 앞에서 노래를 부른다는 생각을 하니 머릿속이 하얘지기 시작했다.

"지미짱, 한번 해봐요."

"그, 안 돼요. 다른 사람 앞에서는 노래를 못 부르겠더라고요."

"진짜 답이 없네요."

아미는 말끝에 머리를 묶었던 천을 풀더니 싫다는데도 그 천으로 내 눈을 가렸다.

"이제 가능하죠?"

아미의 체취를 은은하게 전달하는 머리끈이 내 얼굴을 감쌌다. 감촉이 매우 부드러웠다.

눈앞의 모든 것이 사라지고 아주 희미한 빛만 남았다.

어, 느낌이….

긴장되지 않네?

숨을 깊이 들이마셨다. 손가락이 마침 들고 있던 기타의 현을 건드렸다.

어느새 연주하기 시작한 코드에 맞춰 나는 장학우의 「러브레터」를 불렀다.

후렴 부분을 부를 때, 갑자기 누군가 얼굴을 만졌다.

아미가 내 얼굴을 감싸고 있던 천을 풀고는 미소 띤 얼굴로 나를 바라보았다.

하지만 예상과 달리 나는 멈추지 않고 연주하며 노래를 불렀다.

너무나도 신기했다.

노래를 다 부르자 아미가 힘껏 박수를 쳤다. 어쩐 일인지 계단 입구

쪽에서도 박수 소리가 들려왔다. 악기점 사장과 점원들이 그곳에서 몰래 엿듣고 있었다.

"너무 감미로워요. 젊은이, 그 기타와 굉장한 인연이 있네요. 오늘 저희가 특별히 20퍼센트 할인된 가격으로 드리거든요. 어떠세요?"

흥, 그런 속이 뻔히 보이는 수작으로 이 천재를 속이시겠다? 물론 기타를 쳐보니 썩 느낌이 나쁘지 않았지만, 20퍼센트 세일을 해도 살 수 없는 가격이었다. 게다가 오토바이를 구입한 지 얼마 되지 않아서 살 돈도 없었다.

"제가 살게요."

별안간 아미가 말했다.

어안이 벙벙한 사이 아미는 내가 들고 있던 기타를 가져가 결제했다.

"선물이에요."

계산을 끝낸 아미가 기타를 내 손에 쥐여주었다.

"아니, 이렇게 비싼 걸요?"

"하하, 지미짱이 저한테 준 선물에 비하면 이 정도는 아무것도 아니에요."

아미는 악기점 사장에게 네임펜을 빌려와 기타 뒷면 목과 몸통이 만나는 부분에 일본어로 크게 무언가를 적었다.

'파이팅.'

"이제 지미짱도 대회에 참가할 수 있겠네요. 내가 선물한 이 기타를 들고 무대에 올라가요."

"어라, 무슨 말을 하는 거예요? 난 참가한다는 말도 안 했는데."

"괜찮아요, 참가해요. 전 가수 팀으로 참가할 거예요."

"싫어요."

제발, 한두 사람 앞에서 노래하는 거랑 무대 위에 올라 몇백 명 관중 앞에서 노래하는 건 다르다고.

바래다주는 내내 아미는 대회에 참가하라며 고집을 부렸다.

그만. 천재들은 메타 인지가 매우 높은 법. 천재 중의 천재이신 이 몸이 어떻게 한순간의 충동으로 능력을 벗어난 바보 같은 일을 벌이겠어?

절대로 안 될 일이지. 정말 참가하면 내가 진짜 바보 멍청이 미친놈이다.

"지미짱, 이거 봐봐요. 대회 포스터가 붙었어요."

얼마 후 고베 통나무 노래방 앞에 다다랐을 때 입구에 거대한 이벤트 포스터가 붙어 있었다.

"엥? 지미짱, 여기 이 부분 봐봐요. 1등 상금이… 30만 대만 달러인 거 맞죠?"

"어, 엥? 정말이네. 그럼 나도 할래요."

어렵게 얻은 휴일이 지나가고 매일 아르바이트를 하는 일상이 다시 시작됐다.

"저기, 어제 쉬는 날이었는데 왜 아미랑 같이 있었던 거야?"

다음 날 출근하자마자 샤오창과 고기만두가 나를 졸졸 쫓아다니면서 이것저것 캐물었다.

정말 귀찮아 죽겠네.

하지만 나는 그들과 한가하게 이야기하고 있을 시간이 없었다. 전보다 더 바빠졌다. 예전처럼 일도 해야 하고, 남는 시간에는 기타를 들고 작곡도 해야 했다. 어찌 됐든 정식으로 대회 참가 접수를 하지 않았는가.

그러나 그건 지옥문을 연 거나 다름없었다.

물론 나는 작곡을 제대로 배워본 적이 없었다. 기타 역시 삼촌이 쓰지 않는 낡은 통기타를 가져다 대충 책을 보며 독학했다.

전에는 몇 개의 단순한 코드에 맞춰 흥얼거리다 보면 곡 하나가 나왔고, 이런 순수한 창작의 기쁨이 나를 즐겁게 했다.

그런데 이제는 장난으로 끝날 일이 아니었다. 이건 정식 대회가 아닌가. 게다가 그날 심사 위원은 리궈싱이었다.

하하, 정말이지 대입보다 더 큰 압박감이 느껴졌다.

며칠을 연달아 날을 샜지만, 아무것도 만들지 못했다.

정말 신기하기도 하지, 난 분명 천재인데.

"지미짱, 어쩌다 판다가 됐어요?"

아미가 나를 보고 걱정스러운 눈빛으로 물었다.

"작곡이 잘 안 돼요? 그래도 건강 신경 써요."

"괜찮아요."

"그… 작곡은 잘 돼요?"

저만치에서 고기만두가 나와 아미의 대화를 주시하고 있는 게 느껴졌다.

"뭐 괜찮아요, 조금 전에도 즉흥으로 하나 만들었어요."

"진짜요? 들려줘 봐요."

"네, 제목은「빨간 속옷」이에요."

나는 입에서 나오는 대로 노래를 불렀다.

"실수로 나온 속옷을 버렸네, 아무 일도 없던 것처럼…."

쳇, 이런 뭐 같지도 않은 노래는 어쩜 이렇게 쉽게 나오지? 이런 노래로는 대회에 참가할 수 없는데.

"엄청 좋은데요?"

헉, 진심인가? 하지만 곰곰이 생각해 보니 우바이伍佰*의「사랑의 노래」를 대충 편곡해서 만든 곡이라, 노랫말을 잘 모르는 아미는 아마도 제대로 된 노래라고 착각했을 수도….

이 시기 야간 조에서 대타를 구하면 나는 늘 바로 지원했다. 어차피 집에 가서도 밤새 곡을 쓰는데 야간에는 손님이 별로 없어서 돈도

＊ 대만 자이 출신의 남성 록 가수.

벌고 방 안에 틀어박혀 노래도 만들 수 있으니 어찌 안 할 수 있었 겠는가?

아미는 영감이 떠오르지 않아 괴로워하는 내 모습을 보고 안타까 웠는지 여행 중 들으려고 아껴놨던 아미표 최애 일본 노래 테이프 를 빌려주었다. 테이프에는 차게 앤 아스카의 곡이나 일본 드라마 주제곡 등 내가 아는 노래도 있었고, 대만에서는 아는 사람이 별로 없는 노래도 들어 있었다. 미스터 칠드런의 노래와 샤란큐의 서정 적인 록, 그리고 자이츠 카즈오의 「청춘의 그림자」와 이츠와 마유 미의 「연인이여」, 타케우치 마리야의 「역」 등 일본 대중 가요처럼 전혀 들어본 적 없는 훌륭한 노래도 있었다.

이것들은 모두 아미가 몇 년에 걸쳐 라디오를 들으며 빈 테이프에 녹음한 것이었다. 나 역시 라디오를 들으며 좋아하는 곡을 기다리 던 습관이 있었기에 이렇게 마음을 써가며 모은 음악 테이프가 얼 마나 귀중한지 잘 알고 있었다.

나는 아미가 빌려준 테이프를 비롯해 내가 직접 녹음했거나 구입 해 보관하던 주옥같은 중국어와 영어 노래를 계속해서 들었다.

하지만 들을수록 마음만 더 심란해졌다.

지금 와서 돌이켜 보면 내가 들었던 노래는 모두 명곡 중의 명곡이 었다. 그런데 나같이 아직 머리에 피도 안 마른 조무래기가 그런 명 곡을 기준으로 삼고, 직접 만든 노래와 비교까지 했으니 어찌 자신 감을 잃지 않을 수 있었겠는가?

인생에 자괴감을 느끼던 어느 날, 아미가 찾아왔다.

그날 나는 여느 때처럼 야간 조로 일하고 있었고, 평소처럼 턱을 괸 채 머리를 뜯으며 노래방 소파에서 괴로워하면서 곡을 쓰지 못하고 있었다. 그때, 아미가 문을 두드리고 들어왔다.

"지미짱, 괜찮아요?"

"…아마도 좀 안 괜찮은 듯해요. 하하."

"어느 부분이요?"

"너무 충동적이었던 것 같아요. 그저 알고 있는 코드 몇 개로 대충 곡을 써내는 어설픈 실력을 남들 앞에서 선보이겠다고 하다니."

"그렇게 생각하지 말아요, 지미짱은 천재잖아요."

"…아, 그렇죠. 그런데, 왜 내가 할 말을 가로채요."

"이렇게는 안 되겠어요."

아미가 한 손으로 나를 소파에서 일으켜 세웠다.

"세수하고 와서 쉬겠다고 말해요."

"쉬라고요? 왜요?"

"아리산阿里山*에 가서 일출을 보고 싶거든요. 우리 지금 가요."

"네?"

"지미짱, 좀 무섭네요."

* 대만 3대 명산 중 하나로 중부에 위치해 있다.

오토바이를 타고 아미와 함께 칠흑 같은 밤을 달렸다. 한여름이었지만 불어오는 바람은 서늘했다.

"근데 엄청 시원하네요. 그렇지 않아요? 작곡에 대한 고민, 잠시 잊었죠?"

정말 고마워요. 잊고 있었는데 얘기하니 다시 생각났어요.

아리산에서 일출을 보려면 먼저 오토바이로 기차역까지 산길을 오른 후 미니 열차를 타고 주산역에서 내려야 했다.

한밤중이라 산길은 칠흑처럼 어두웠고 마치 다른 차원의 세계로 들어가는 듯 적막감이 맴돌았다.

"지미짱."

"네?"

"여기 귀신 나오는 곳 아니죠?"

"아."

"대만 귀신은 어떻게 생겼어요? 저번에 민슝 귀신의 집에서 진짜 귀신을 못 봐서 좀 아쉬워요."

그만 좀 하지….

우리는 미니 열차가 출발하는 시간에 맞춰 기차역에 도착했다. 미리 표를 예매하지 않아 잠시 애를 먹었지만 가까스로 플랫폼에 들어갈 수 있었다.

플랫폼에 가득 찬 사람들과 너무도 대비되는, 역에 막 진입하고 있는 아기자기한 두 량짜리 미니 열차를 보자 이렇게 많은 사람이 어떻게 다 탈 수 있을까 궁금했다.

궁금증은 금방 풀렸다. 그냥 전부 끼어 타면 되는 것이었다.

맙소사. 정어리 캔에 들어가 있는 듯한 혼잡도였다.

사람들이 끼어서 열차에 오르고 문이 닫히는 순간, 나는 벌써 군중의 힘에 밀려 허공에 떠 있는 듯한 느낌을 받았다.

그때 아미는 내 품에 있었다.

생각했던 것 이상으로 혼잡한 탓에 우리는 한 치의 틈도 없이 서로에게 꼭 안겨 있었다. 내 가슴에 아미의 얼굴이 파묻혀 표정은 볼 수 없었지만, 그녀의 몸에서 나는 향기를 맡을 수 있었고, 그녀의 체온과 엄청나게 빨리 뛰는 심장박동을 느낄 수 있었다.

나 역시 얼굴이 벌게졌고, 쿵쾅대며 뛰는 심장의 박동이 느껴졌다.

그리고… 음, 아니다. 나중에 이 일기가 출간될지도 모르니 일부 자세한 내용은 쓰지 않는 편이 나을 듯하다.

어쨌든 20분이란 시간 동안 우리 둘은 아무 말이 없었다.

"안녕? 난 잘 지내!"

주산 일출 전망대에 아침노을이 살짝 모습을 드러내고 태양이 조금씩 산 정상으로 얼굴을 내밀던 그 시각, 사람들은 모두 흥분해서 소리를 질렀다.

아미도 목청껏 먼 산을 향해 소리를 질렀다. 아미는 영화 〈러브레터〉의 주인공 나카야마 미호가 눈 덮인 산을 향해 크게 소리를 지르는 장면을 따라 했다.

저만치 산에서 메아리가 울려왔다.

"난 잘 지내, 잘 지내, 잘 지내…."

태양이 작은 점에서 점점 커지고 커지더니 산 정상으로 고개를 내밀었다. 주변이 순식간에 밝아졌다.

"지미짱, 소리 질러봐요."

"됐어요. 뭐라 소리쳐야 할지도 모르겠고."

"그러면 '아미짱, 좋아합니다'라고 하는 건 어때요?"

"네? 미쳤어요?"

"무슨 상관이에요, 난 곧 떠날 건데."

"네? 뭐라고요?"

"음… 결심했거든요. 대회가 끝나면 대만을 떠나 여행을 계속하려고요."

아미가 담담한 얼굴로 말했다.

언젠가는 이런 날이 올 거라 예상은 했지만 이렇게 난데없이 찾아올 줄은 몰랐다.

"그동안 쉬면서 다시 용기를 얻은 것 같아요. 전부 지미짱 덕분이에요."

"제 덕분은 무슨."

"하하, 지미짱 덕분 맞아요. 예를 들면, 불평불만 없이 무료 통역도 해주고, 투덜대지도 않고."

엄청 많이 투덜댔거든? 다만 그쪽이 못 들은 것뿐이지.

"그리고 한 가지 지미짱한테 말하지 않은 게 있어요. 처음에 내가 노래방에서 아르바이트하게 된 건 다 지미짱 덕분이에요."

"네?"

"하하, 사실은요."

그 당시 아미는 타이베이에서 사기를 당해 돈을 다 잃은 상태였다. 수중에 가진 돈이 얼마 되지 않았던 그녀는 기차표를 사 자이로 왔다. 역을 나왔지만 어디로 가야 할지 갈피를 못 잡고 있으니 기분이 최악으로 치달았다. 남은 돈으로 비행기표를 사서 다시 일본으로 돌아가야 하는 건 아닌지 고민했다.

바로 그때 큰 키에 삐쩍 마른, 조금 어수룩해 보이는 남자가 성질을 내면서 고장 난 낡은 오토바이를 끌고 그녀 앞을 지나갔다. 그 남자는 뛰어가며 일본어로 욕을 내뱉었다.

"돈 벌 거야! 새 오토바이를 살 거라고!"

이 말을 듣자 문득 아미의 머리에 새로운 아이디어가 스쳤다. 맞아, 왜 여행하면서 돈 벌 생각을 못 했을까?

'이렇게 패배를 인정하고 내 꿈을 포기하고 싶지 않아.'

아미는 이런 생각을 하며 자신도 모르게 오토바이를 끌고 가는 그 어수룩한 사람을 따라 '고베 통나무 노래방'으로 들어갔다.

여기서 그 어수룩한 이가 바로 나였다.

"그… 지미짱, 질문 하나 해도 돼요?"

"네."

"왜 허공에다 대고 '돈 벌 거야!'라고 일본어로 소리쳤어요?"

"그거야, 중국어로 소리치면 길거리 사람들이 이상하게 생각할 거 아니에요."

"하하, 일본어로 하면 이상하게 생각 안 해요?"

"쳇, 최소한 알아듣지는 못하잖아요."

"그럼… 지미짱, 질문 하나 더 해도 돼요?"

"네."

"곡이 안 써져서 괴롭죠?"

"네."

"전 작곡에 대해서는 잘 모르는데요, 너무 복잡하게 생각하지 않아도 될 것 같아요. 그냥… 나한테 곡 하나를 선물한다고 생각하면 어때요?"

"그래도 장담하기 힘든데요."

"소심하긴, 전 곧 떠날 건데."

태양이 점점 머리 위로 올라가자 일출 전망대에 있던 사람들이 서서히 흩어졌다.

"…대만을 떠난 후에는 어디로 갈 거예요?"

"아직 계획이 없어요. 하지만… 계속 여행해서 세상의 끝까지 가보려고요."

"세상의 끝? 거기가 어딘데요?"

"모르겠어요. 그래도 도착하면 분명 '아, 여기가 바로 그곳이구나' 하고 알 것 같아요."

지미의 청춘 18 여행 둘째 날, 열차는 흰 눈으로 뒤덮인 끝을 알 수 없는 대지를 달렸다.

특히 오우 본선을 탄 후에는 열차가 끝없이 이어지는 고원지대를 달리기 시작했다. 설원으로 덮인 숲과 계곡 그리고 구릉을 지날 때마다 현지인이 거주하는 작은 마을이 하나씩 나타났다.

그러나 무슨 이유에선지 이날 탄 열차는 모두 화장실이 없었다.

창밖의 풍경은 미쳐버릴 정도로 아름다웠지만 방광 역시 참다 참다 미쳐버릴 지경이 되었다. 으악.

구간 열차는 역마다 정차하긴 하지만 멋모르고 내렸다가는 한두 시간을 기다려야 겨우 다음 열차에 오를 수 있다는 위험성이 있다. 중간에 내려서 볼일을 보고 커피숍에 가서 김이 모락모락 나는 커피도 한 잔 마시는 사치를 부리면 여행 시간이 늘어질 수밖에 없었다. 게다가 중간에 정차한 간이역이 볼품없는 곳이라면, 커피숍은 고사하고 화장실조차 있을지 장담하기 어려웠다.

이런 이유로 열차 환승 시간이 매우 중요했다.

요네자와역에서 5분간의 짧은 환승 시간을 틈타 지미는 100미터 달리기를 하듯 다른 쪽 플랫폼에 있는 화장실로 뛰어갔다. 볼일을 보고도 시간이 남자 자판기에서 따뜻한 커피 한 병을 사서 다시 북쪽으로 향하는 열차에 올랐다.

휴, 시원하군.

북쪽으로 갈수록 도쿄, 후쿠시마 등 대도시와는 점점 멀어졌다. 또 열차를 탄 승객에게서 풍기던 조심스럽고 무거운 분위기가 옅어져 갔다. 대신 산에 사는 사람들 특유의 소박하고 자유분방한 분위기가 그 자리를 채웠다.

지미의 맞은편에 앉은 중학생은 놀랍게도 컵라면을 먹고 있었다.

뭐야, 저래도 되는 건가?

하하, 맛있겠다. 나도 배가 고프네.

야마가타에 도착하자 점심시간이었다. 허기가 진 지미는 열차에서 내려 먹을 것을 찾았다. 역에서 나오니 길거리 공연을 하는 밴드가 눈길을 끌었다.

삼인조로 구성된 밴드였다. 가운데에 선, 미소가 햇살처럼 빛

나고 꾸밈새나 옷차림, 헤어스타일 모두 세련된 중성적인 이미
지의 남자가 보컬이었다. 뒤에 있는 남자와 여자는 그리 눈에
띄지 않았다. 들고 있는 악기를 보니 남자는 베이스, 여자는 기
타를 치는 듯했다.

　배가 매우 고팠지만 지미는 삼삼오오 모여 구경하는 관중 속
에서 밴드가 연주하는 이글스의 명곡 「데스페라도」를 들으며
서 있었다.

　'음, 보컬 목소리는 괜찮군. 하지만 노래 해석에 있어서 노련
함은 좀 부족하네.'

　지미는 생각했다.

　'베이스와 기타를 맡은 두 명은 좀 더 연습해야겠어.'

　"다음 곡을 들려드릴게요. 마찬가지로 이글스의 명곡 「호텔
캘리포니아」입니다."

　막 자리를 뜨려던 지미는 보컬의 말을 듣고 발걸음을 멈추며
생각했다.

　'「호텔 캘리포니아」? 기타가 칠 수 있겠어?'

　역시나 전자 기타를 메고 있던 여학생이 황급히 보컬에게 소
곤대듯 말했다.

　"선배, 못 해요. 그 노래는 너무 어려워요."

　"그래? 그럼 맨 마지막 독주 부분만 생략하자."

　"아, 반주도 자신 없는데…."

마이크를 끄는 것을 잊은 탓에 소리를 낮춰 말해도 전부 들렸다.

지미는 참지 못하고 앞으로 걸어 나갔다.

"혹시 제가 한번 해봐도 될까요?"

삼인조 밴드가 지미를 바라보았다.

"아저씨, 진짜예요?"

보컬이 지미를 훑어보며 말했다.

"보아하니 음악 하는 분은 아닌 거 같은데."

쳇, 됐거든. 야스다 군과 바꾼 이 여행복은 다 좋은데 멋이 나지 않는다. 만약 이 몸이 가죽 재킷을 입고 있었다면 전혀 의심하지 않았을 텐데.

"아무튼 잠시 빌립시다."

지미는 여학생이 들고 있던 전자 기타를 받았다. 여학생은 오히려 다행이다 싶은 표정이었다.

"「호텔 캘리포니아」죠? 자, 시작하시죠."

잠시 음을 맞춘 지미가 「호텔 캘리포니아」의 전주를 연주하기 시작했다.

삼인조 밴드가 순간 멍하니 넋을 잃는 게 보였다.

"아니… 이, 이 노래 전주가 원래 이렇게 좋았었나?"

여학생이 놀란 얼굴로 연주를 들었다.

베이스를 치는 남성도 서둘러 연주를 시작했다.

보컬도 이어서 목청을 높여 노래를 불렀다.

지미의 리드에 보컬은 평소보다도 더 노래가 잘 되는 것 같았다.

연주는 거리에 있던 인파의 귀를 사로잡았고 다른 사람들도 발걸음을 멈추고 공연을 보았다.

후반부에 들어서자 꽤 많은 군중이 그들을 에워싸고 있었다.

노래의 마지막 부분은 제법 긴 전자 기타 독주 파트였다. 지미의 손가락이 기타 줄 위에서 날렵하게 춤을 추었고, 아름다운 독주는 스피커를 통해 하늘 저 멀리까지 송출되었다.

곡이 끝나자 광장에는 우레와 같은 박수가 터져 나왔다.

지미는 들고 있던 전자 기타를 흔들며 자신도 모르게 미소를 지었다.

아, 이 얼마나 그리워하던 느낌인가. 겨우 요 며칠 기타를 잡지 않았을 뿐인데.

삼인조 밴드는 흥분해서 지미를 둘러싸고 이런저런 질문을 쏟아냈다.

보고 있던 관중들 역시 재미있다는 듯 앙코르를 외쳤다.

결국 거절하지 못한 지미는 또다시 세 곡의 기타 독주를 선보였다. 그만두려 해도 그만둘 수 없는 와중에 역 플랫폼에서 안내 방송이 들려와 아쉽지만 기타를 내려놓았다.

지미는 문이 닫히기 직전에 가까스로 열차에 올라탔다.

개찰구 밖에 있던 삼인조 밴드는 손을 흔들며 작별 인사를 전했고, 지미는 다시 여정을 계속했다.

시간이 없어 점심을 사지 못했지만, 다행히도 밴드 보컬이 자신의 도시락을 공물 바치듯 지미에게 헌납했다.

도시락을 먹고 차가워진 블랙커피를 마시며 지미는 홀로 뿌듯함에 취했다.

봤지? 이 몸은 역시, 대박 멋지지?

후후, 이런 걸 누군가에게 자랑해야 하는데.

이런 생각을 하자 안치가 생각났다.

핸드폰을 들고 전원을 켰다. 아니나 다를까 안치가 건 여러 통의 부재중 전화 알림이 쏟아졌다.

지미는 통화 버튼을 눌렀다.

타이베이, 안치의 아파트. 화면에 지미라는 이름이 뜨자 안치는 곧바로 수신 거부 버튼을 누르고 핸드폰을 저 멀리 거실 구석으로 던졌다.

퍽 하는 소리와 함께 핸드폰이 작살났다.

마침 거실로 들어오던 샤오후이는 깜짝 놀랐다.

"무, 무슨 일이에요?"

샤오후이는 눈앞의 장면을 살피며 놀란 가슴을 쓸어내렸다.

평상시에도 엉망진창이긴 했지만, 지금 안치의 거실은 그보다 몇 배는 더 어질러져 있었다.

화장지가 대부분이었다. 쓰고 나서 뭉쳐놓은 화장지가 거실 이곳저곳에 흩어져 있었다. 바닥과 소파 그리고 탁자 위에도. 마치 눈이 내린 것 같았다.

샤오후이의 마음속 안치는 그래도 여전히 냉미녀였다. 그런 안치가 화장지 눈밭 정중앙에서 머리는 산발인 채 흐트러진 차림새와 벌겋게 부은 눈을 하고, 들고 있던 화장지로 코를 풀어 대더니 그대로 바닥에 던져버렸다.

"아이고 공주님, 무슨 일이에요?"

"흑흑흑… 나쁜 자식."

"가죽 재킷남이요? 또 무슨 일인데요?"

"흑흑… 나는 「세상의 끝」이 나와 지미의 사랑을 담은 노래인 줄 알았는데."

샤오후이는 화장지 더미 속 다이어리를 보고 바로 상황을 파악했다.

"아직도 그거 보고 있었어요? 보지 말라고 했잖아요!"

"흑… 이제 진짜 더 이상은 못 보겠어."

샤오후이는 욕실에서 따뜻한 수건을 준비해 와 안치의 얼굴을 닦고 코를 풀게 했다.

"제 생각엔, 가죽 재킷남의 그 다이어리 다 보셔야 할 것 같아요."

"뭐라고? 싫어."

"그럼 맘대로 하시고, 가서 거울 좀 보세요. 이런 몰골이 될 때까지 울다니. 얼굴 꼴이 어떤 줄 아세요?"

"…다 보라고?"

샤오후이가 다이어리를 안치의 손에 쥐여줬다.

"언니, 제가 언니의 스타일을 잘 아니까 하는 말이에요. 오늘 안 보면 언젠가 또 손이 근질근질해져서 보게 될걸요?"

샤오후이가 자신의 얼굴을 안치의 얼굴에 닿을 만큼 가까이 대고 말했다.

"제가 요 며칠 일정을 몇 개나 취소했는지 아시죠? 아무튼 오늘도 나갈 수 없는 몰골이니까 차라리 지금, 당장, 바로 이 얼어 죽을 다이어리 다 보시고 울 거면 그냥 오늘 다 울어버려요."

샤오후이의 협박 때문에 안치는 어쩔 수 없이, 내키지는 않았지만 코를 훌쩍거리며 다이어리를 펼쳐 계속 읽어나갔다.

지미의 일기

"이어서 가수 팀 스물일곱 번째 참가자… 와우, 이분은 매우 특별한 분인데요. 무려 일본에서 오셨습니다. 와타나베 아미 참가자가 저희에게 선보일 노래는… 노래는… 근데 이 글자 어떻게 읽는 거죠?"

노래 대회 당일의 풍경을 어떻게 설명해야 할까? 세세한 부분까지 정확히 기억하는 것 같은데 지금 생각해 보면 마치 꿈을 꾼 기분이다.

무대는 주차장에 세워졌다.

휴일이라 현장은 이미 아침 일찍부터 사람들로 꽉 차 있었다.

대회가 시작될 무렵에는 주차장과 로비, 심지어 정원과 길거리까지 서 있을 수 있는 곳은 전부 사람으로 가득 찼다.

심사 위원은 모두 세 명이었고, 다 음반 업계에서 내로라하는 사람들이었다.

가운데 앉은 사람이 바로 리궈싱이었다. 그의 인상은 TV에서 봤던 것과 별반 다를 게 없었다. 무섭고 중후하고 위압감이 뿜어져 나왔다. 무대 위 참가자가 음정을 전혀 못 맞춰도, 노래가 돼지 멱따는 소리처럼 듣기 힘들어도 리궈싱은 시종일관 같은 표정이었고 눈썹 하나 까딱하지 않았다.

먼저 가수 팀 대회가 진행되었다.

아미는 타케우치 마리야의 「역駅」*을 불렀다.

너무 잘 불렀다. 살짝 저음인 아미의 목소리가 이별하기 싫은 남녀

---

* 일본식 한자라 사회자가 제대로 읽지 못한 것이다.

의 슬픈 마음을 잘 표현했다. 하지만 맨 앞줄에 앉은 사장을 제외하고 무대 아래에 있는 사람 중 몇 명이나 가사를 이해했을까? 조금 전에도 사회자는 곡명조차 못 읽지 않았는가.

알아들었든 알아듣지 못했든 아미의 노래가 끝난 후 무대 아래에선 박수갈채와 환호성이 들려왔다. 나는 힐끗 리귀싱을 쳐다봤다. 그는 고개를 살짝 주억거렸지만, 여전히 무표정이었다.

아미가 노래를 끝내자 나는 다시 업무로 돌아왔다.

이벤트 현장의 모든 기본적인 잡무와 술, 음료, 안주를 파는 것 등의 잡다한 일은 우리 아르바이트생들을 바쁘게 만드는 데 한몫했다.

아미는 우리 가게의 간판이라 무대에서 참가자들을 안내하는 일을 맡았다.

대회는 순조롭게 진행됐다.

오후 3시쯤 되자 총 60명 가수 팀의 경연이 모두 끝났다.

잠시 휴식 시간을 가진 후 창작 팀의 경연이 시작되었다.

으악, 올 게 왔구나.

왜 천재이신 이 몸이 긴장하는 걸까.

참가자들이 한 명씩 무대에 올라 자작곡을 부르기 시작하자 내 심장은 점점 더 빨리 뛰었고, 온몸의 피가 뇌로 몰리는 듯한 느낌이 들었다.

이, 이 정도인데 진짜 괜찮으려나?

지금 와서 돌이켜 보면 참가자 대부분의 자작곡은 별스럽지 않았다. 하지만 그 당시에는 무슨 이유에선지 다른 사람들이 무척 대단해 보였다.

"이어서 창작 팀 여섯 번째 참가자 지미가 우리에게 들려줄 자작곡은,「세상의 끝」입니다."

올 것이 오고 말았다.

나는 온몸이 경직된 채로 기타를 메고 무대 아래 계단으로 걸어갔다. 그곳에서 날 맞아준 사람은 안내를 맡은 아미였다.

"자, 지미짱. 얼굴이 너무 말이 아니에요."

"뭐가요?"

"엄청나게 긴장한 거 아니죠? 하하."

"조, 조용히 해요."

나는 아미와 함께 무대로 올라갔다.

이른바 무대라는 곳은 밑에서 보는 것과는 완전히 달랐다. 그 위에 서니 전혀 다른 세계가 펼쳐졌다.

땅에서 1미터 정도 높이밖에 안 됐지만, 1만 미터는 올라온 것 같았다. 갑자기 숨이 쉬어지지 않았고 산소가 급속도로 모자랐다.

무대 중앙으로 걸어갈 때는 거의 머리가 하얗게 빈 상태였다.

"자, 지미짱. 사람들이 다 지미를 보는 것 같죠?"

"…당연한 말을 왜 해요."

"쓸데없는 생각이에요. 사실, 관객들은 미녀인 저를 보고 있거든요. 아무도 지미를 보고 있지 않아요."

헛소리, 뻥치시네.

무대 중앙에는 특별히 창작 팀 참가자가 앉을 의자가 준비되어 있었다. 그들 대부분이 싱어송라이터였기 때문이다.

자리에 앉으려는 찰나 아미가 의자의 방향을 바꾸는 게 눈에 들어왔다.

원래 무대 아래쪽 관객을 향해 있던 의자를 무대 옆 계단 쪽을 바라보게 했다.

그곳은 무대 옆 아미가 대기하는 자리였다.

"뭐 하는 거예요?"

"하하, 지미쨩도 관객들처럼 이 미녀를 보면 돼요. 어찌 됐든 오늘 부를 노래는 나를 위해 쓴 거잖아요."

아미는 이 말과 함께 나를 의자에 앉히고는 자신의 자리로 돌아갔다. 사방의 시끄러운 소리가 사라진 것 같았다. 이상하게도 조금 전 무대에 오를 때 느꼈던 긴장감 또한 온데간데없이 사라졌다.

목소리를 가다듬고 손으로 기타 줄을 잡았다. 눈앞에는 아미 한 사람만 보였다.

노래를 부를 수 있었다.

저녁쯤에 드디어 모든 일정이 끝났다.

나와 아미는 둘 다 2등으로 뽑혔다.

하하. 너무 짜증 난다. 간발의 차이로….

내 상금 30만 대만 달러….

"창작 팀 2등 지미 참가자는 독학했다는 사실이 노래에서 느껴집니다. 물론 가사나 작곡, 편곡, 그리고 기타 연주에서 스킬이 부족하긴 하지만, 그의 노래와 연주에서 전 많은 작사가와 작곡가 들에게는 없는 것을 찾을 수 있었습니다. 뭐라고 말해야 할까요? 그것은 노래에 혼을 불어넣는 능력입니다. 스킬과는 상관없이 저는 그것을 '음표를 이용해 대화하는' 능력이라고 부르고 싶습니다."

가장 존경하는 음악계 대부인 리궈싱이 이런 평가를 해줬지만, 눈앞에서 30만 대만 달러가 날아간 아쉬움을 메울 수는 없었다.

"건배!"

그날 밤 행사가 끝난 후 매니저가 또 사장에게 공짜 방과 음료를 받아냈고, 먹고 마시고 노래를 부를 회식 자리를 마련해 직원들의 노고를 치하했다.

"오늘 이 자리는 아미와 지미가 대회에서 2등을 한 것을 축하하는 자리이자 아미의 환송회 자리입니다. 아쉽게도 아미가 이곳을 떠나게 되었어요."

매니저가 말했다.

대부분의 직원들은 이 소식을 처음 듣는 듯 갑자기 방 안 여기저기에서 슬픔이 섞인 소리가 들려왔다.

"그게, 시간은 오래되지 않았지만, 그동안 여러분이 돌봐주신 점 감사하게 생각합니다."

아미는 일어서더니 사람들을 향해 아주 정중히 90도로 인사했다.

아미가 일본식 인사를 가르쳐줄 때 설명한 바에 따르면 90도 인사
는 최고의 존경이나 감사를 표현할 때만 사용한다고 했다. 물론 가
냘픈 아미는 이런 과감한 동작을 해도 '터지는' 사고가 일어날 걱정
은 전혀 할 필요가 없었다.

행사를 성황리에 끝낸 기쁨 때문일까, 아니면 아미가 곧 떠난다는
소식이 가져온 충격 때문일까. 그날 밤 직원들은 술을 많이 그리고
빨리 마셨고, 얼마 지나지 않아 사장이 하사한 코냑이 바닥을 드러
냈다.

"아이고, 술이 없네?"

"짜증 나. 뭐 이리 빨리 떨어져."

"대만 맥주 두세 박스 또 사 와야 하는 거 아니에요?"

"헉, 우리 돈으로?"

"아, 맞다. 지미보고 술 사라고 하면 되죠."

어라? 뭐라는 거야!

"맞아요. 지미가 2등 하지 않았어요? 5만 대만 달러도 상금으로 받
았고요."

"쏴라, 쏴라."

젠장, 설마 이 천재의 가장 큰 장점이 근검절약이고, 가장 큰 단점
이 짠돌이라는 사실을 모르는 건가? 나보고 내라고? 정말 어림 반

푼어치가 아니라 반의반 푼어치도 없는 이야기였다.

"아, 그러고 보니 아미도 2등 하고 5만 대만 달러 받았잖아요."

"아니, 아미는 곧 여행을 떠날 건데, 어떻게 아미보고 여행 경비로 술을 사라고 할 수 있어요? 양심은 있는 거예요?"

"아, 맞네."

흥, 나한테 등록금으로 술값을 내라고 하는 너희들 양심은 어디 있는 건데.

"자, 조용들 하시고, 제가 쏠게요. 대만 맥주 세 박스 쏩니다!"

방 안에 10초간 정적이 흐르더니 사람들이 서로를 바라보다 약속이나 한 듯 이 말을 꺼낸 매니저를 쳐다봤다.

이, 이 사람이 정말 우리가 아는 그 매니저가 맞나? 굴비를 매달아 놓고 먹는다는 짠순이, 굴비를 쳐다만 봐도 돈을 받는다는, 구두쇠로 유명한 그 사람인가.

"앗싸! 매니저님 최고!"

놀람도 잠시, 사람들이 환호성을 내질렀다.

누군가가 말했다. 세상에서 가장 맛있는 음식은 다른 사람이 사는 음식이고, 세상에서 가장 맛있는 술은 다른 사람이 사는 술이라고.

그래서 그날 밤 직원들은 모두 엄청나게 흥에 취했다. 물론 나도 그 중 하나였다.

"지미짱, 이거 몇 병째예요?"

"음… 모르겠는데."

"아, 안 돼요! 그만 마셔요."

"전… 웩."

화장실로 뛰어가 구역질을 두어 번 한 것만 떠오를 뿐 다른 것은 아무것도 기억나지 않았다.

맥주는 쓰고 떫은, 정말이지 최고로 맛없는 먹거리다. 나도 그날 내가 왜 그렇게 많이 마셨는지 이해가 가지 않는다. 아마도 공짜 술이라는 것 말고 다른 이유가 있었을 것이다.

그날 정신을 차렸을 때 시간은 이미 새벽 3시경이었다.

환송회는 한참 전에 끝이 났고, 누가 나를 매니저 사무실로 옮겼는지조차 기억나지 않았다.

"어휴, 어떻게 이렇게 취할 때까지 마셔요? 설마 자기 주량도 모르는 거예요?"

정신이 들자 한쪽에서 짐을 정리하고 있던 아미가 다짜고짜 잔소리를 늘어놓았다.

"술이라는 건 조금 마시면 기분 좋게 취할 수 있지만, 많이 마시면 몸에 해로워요. 그리고 스스로 감당하지 못할 정도로 마시면 안 되죠."

굳이 아미가 말하지 않아도 지금 느껴지는 머리가 깨질 듯한 두통과 가슴이 타들어 가는 듯한 지속적인 통증 때문에 앞으로 다시는 맥주 요놈을 손도 대지 않겠다고 다짐한 터였다.

아미가 나를 위해 뜨거운 차를 타 주었다. 한 모금 마시자 속이 좀 나아졌다.

들고 있던 차를 다 마셨을 즈음 아미도 모든 짐을 큰 배낭에 넣고
정리를 마쳤다. 아미는 아침 일찍 열차를 타고 떠날 예정이었다.

"…벌써 다 정리했어요?"

"하하, 별거 있나요? 배낭여행족의 필수 스킬이죠."

매니저 사무실을 나온 우리는 정원에 놓인 긴 의자에 앉았다.

"그래도 진짜 너무 아쉽네요."

아미가 말했다.

"뭐가 아쉬워요?"

"이번 대회요, 우리 둘 다 2등밖에 못 했잖아요."

"아, 너무 짜증 나요. 상금 차이도 너무 크고."

"하지만 「세상의 끝」은 참 좋은 노래예요. 엄청 따뜻하고 듣고 있으
면 용기가 생기는 곡이거든요. 지미짱이 나를 위해 이렇게 좋은 노
래를 써줘서 정말 감동이에요."

"아미를 위해 쓴 거라고 한 적 없는데."

"하하, 근데 후렴 부분은 일본어로 불렀잖아요. 나를 위한 게 아니
라면 설마… 사장님을 위해 쓴 거예요?"

"음….”

날이 점점 밝아왔다.

"아무튼, 전 이제 에너지로 가득 찼어요. 앞으로 그 어떤 도전도 두렵지 않아요."

"네."

"지미짱도 대학에 입학하죠? 파이팅! 안정적인 일자리를 갖기 위해 노력하더라도 노래는 계속 만들 수 있죠."

"네."

"앞으로 우리 각자의 인생에서 1등이 되도록 노력해 봐요."

새벽 시간, 비가 내리기 시작했다.

자이역 플랫폼에 북쪽으로 가는 열차가 천천히 들어왔다.

아미는 나를 길게 안아준 뒤 배낭을 멨다.

"사요나라さようなら."

"…."

"아, 지미짱. 그거 알아요? 노래방에서 일할 때 대다수의 손님이 노래를 다 하고 집에 갈 때 저한테 '사요나라' 하고 인사했거든요. 그런데 사실 일본에서는 오랫동안 보지 못할 때나 영원히 헤어질 때만 '사요나라' 하고 인사해요."

"아."

"그래서 어느 날 '사요나라'라고 인사하고 간 손님이 이튿날 또 오길래 '아, 대만 사람들은 이 말의 진정한 의미를 잘 모르는구나' 하고 알게 됐어요."

"네."

"하지만 우리는 이제 오랫동안 못 볼 거니까."

"…."

"사요나라."

"…."

"상대방이 '사요나라'라고 하면 똑같이 '사요나라' 하고 말하는 거예요, 지미짱."

"…다음에 봐요."

"어이구 진짜."

아미는 내 왼쪽 뺨에 살며시 뽀뽀한 뒤 열차에 뛰어올랐다.

열차의 문이 닫혔다.

열차는 기적을 울리며 천천히 북쪽을 향해 나아갔고, 결국에는 내 시야에서 사라졌다.

그리고 약 3주 뒤 나는 아미가 크라스노야르스크라는 러시아의 한 도시에서 보내온 카드를 받았다.

아미는 대만을 떠난 후 페리를 타고 샤먼厦门*으로 넘어갔고 그곳에서 열차를 타고 중국을 지나 러시아에 도착했다. 아미의 여정은 아주 순조롭게 이어지는 듯했다.

* 중국 푸젠성에 있는 도시.

언제가 될지 모르지만, 아미의 소식을 또 들을 수 있을까?

일단 아미와 관련된 일에 대해선 여기까지만 쓸 생각이다.

아미가 떠나고 며칠 뒤, 나 역시 고베 통나무 노래방을 그만뒀다.

여름방학이 끝나가고 있었고, 일기를 쓰는 동안 타이베이에서의 대학 생활을 위해 짐을 꾸려야 했다.

요즘 거리를 걷거나 오토바이를 타고 시골길을 지나다 보면 자꾸 아미 생각이 난다. 경치는 변함이 없는데 아미는 여기에 없다.

아마도 잠시 자이라는 도시를 떠나 있으면 그리 많이 슬프지는 않을 것이다.

어찌 됐든 이 모든 일을 글로 적고 나니 마음이 개운하다.

물론 여전히 공허한 마음이 들기는 하지만 말이다.

그리고 이 비어 있는 마음의 일부를 한평생 다시 메우기는 힘들 거란 생각도 든다.

하지만 최소한 고래고래 소리를 지르며 털어놓지 않아도 될 것 같다.

타이베이, 좋아. 그곳에서 나도 내 인생의 다음 여정을 계속하자.

아미의 말처럼 인생이란 단 한 번밖에 없는 거잖아. 그래, 내 인생에서 1등이 되도록 이 몸도 달려보겠어.

열차가 신조시에 도착했다. 하얀 눈으로 뒤덮인 산속의 작은 도시였다.

청춘 18 여행의 둘째 날은 거의 온종일 설경만 본 듯했다. 조그마한 객차에 앉아 순백의 대지를 이동하며 그 어떤 것도 하지 않은 채 그저 창밖의 경치만 넋을 놓고 바라보았다.

여행이 이쯤 되어가자 열차의 노선은 점점 더 단순해졌고, 열차를 타고 북쪽으로 향하는 것도 아주 쉬웠다.

처음 여행을 시작할 때 느꼈던 미지의 세상에 대한 불안감이나 흥분은 온데간데없이 사라졌고, 대신 극도의 여유로움과 흡족함, 심지어는 약간의 무료함이 찾아들었다.

하지만 신조역 플랫폼에서 탈 다음 열차를 보고 지미는 다시 긴장하기 시작했다.

열차의 앞부분에 '아키타'라는 종착지가 쓰여 있었다.

아미의 고향이었다.

'어, 이렇게 빨리? 아직 마음의 준비가 안 됐는데.'

지미는 생각했다.

허리 가방에서 아미가 유일하게 보낸 카드를 꺼냈다. 내용은 이미 술술 외울 정도였다.

사랑하는 지미짱에게.

지미짱, 잘 지내? 나는 지금 순조롭게 여행 중이야.

대만을 떠난 뒤 난 열차를 타고 중국과 러시아를 거쳐 내가 오랫동안 꿈꿔온 유럽 대륙으로 가고 있어. 중간 지점에서 잠시 머무르는 이곳은 러시아의 한 도시야. 이름이 참 어려운데 경치는 정말 예뻐. 고향인 아키타에서 이곳까지는 5,000킬로미터 넘게 떨어져 있고 대만에서는 더 멀어.

중국과 러시아의 열차는 일본이나 대만의 열차 같은 안락함과는 거리가 멀고 치안도 좀 걱정되는 수준이야. 하지만 상관없어. 내 고향 아키타에는 꽤 유명한 합기도장이 있거든. 그리고 나는 호신술을 조금 할 줄 알고.

살짝 불안하긴 하지만, 이런 게 여행의 묘미겠지.

지미의 대학 생활도 순조롭길 바라며.

1996년 9월 크라스노야르스크에서 와타나베 아미가.

아키타로 향하는 열차에서 지미는 이미 누레진 카드를 손에 들고 바라봤다.

이 카드를 받았을 때, 그리고 그 후로도 아미의 소식을 더 받아보길 기대했다.

그러나 더는 연락이 오지 않았고, 이 카드 한 장이 다였다. 게다가 답장을 보낼 주소조차 없었다.

열차가 출발한 뒤 역과 역 사이의 거리는 점점 더 멀어졌고 창밖에서는 조금씩 눈꽃이 날리기 시작했다.

정차하는 역 주변에 드문드문 집이 몇 채 있을 뿐 그 사이사이는 대부분 끝없는 하얀 들판과 우뚝 솟은 산맥, 그리고 흰 눈으로 뒤덮인 침엽수만이 군데군데 어렴풋하게 보였다.

이게 바로 속세를 벗어난 느낌이구나.

"마코토, 너 미우라 선배 좋아해?"

"응? 네가 그걸 어떻게 알아?"

"반 애들 다 아는 것 같던데."

"뭐? 그러면 미우라 선배도 아는 거 아니야? 어쩌지?"

"알면 어때. 어차피 소심해서 고백도 못 할 거면서."

음, 아직 속세에서 벗어난 건 아니군.

옆에 앉은 고등학생들이 재잘대는 내용을 듣지 않았더라면 한참 전에 몽롱해진 지미는 자신이 아직 지구에 있는지조차 헷갈렸을 것이다.

승객이 타고 내릴 때마다 눈꽃이 섞인 서늘한 바람이 불어왔다. 그런데 문이 닫히면 강하게 튼 온풍기 바람 때문에 객차 안은 여름처럼 더웠다.

이런 적막한 분위기에서 잠이 솔솔 오는 걸 뿌리치기는 힘들었다.

"또 눈이 내리네. 어휴 번거로워."

아키타역에 도착했을 때는 날이 어두워진 뒤였다. 하늘에 함박눈이 흩뿌렸다.

"내일 또 아침 댓바람부터 눈 치워야겠네."

"겨울이 빨리 지나갔으면 좋겠어."

스쳐 가는 주민들이 제각기 불평을 늘어놓으며 역을 떠났다.

하지만 지미는 역 밖에서 함박눈을 맞으며 두 팔을 벌린 채서 있었다.

너무 춥다.

하지만 정말 상쾌하다.

눈 속에서 눈을 보는 건 열차 안에서 눈을 보는 것과는 확연히 달랐다. 온 하늘에 솜뭉치같이 생긴 하얀 눈꽃이 사뿐히 흩날리는 장면이 아름다운 고독감을 한층 고조시켰다.

이런 짜릿한 쾌감을 조금 더 느끼고 싶었던 지미는 아키타 시내를 정처 없이 걸었다.

어느새 한 시간가량이 지났다.

참 이상하게도 아주 춥다는 생각은 들지 않았다. 음, 아마도 야스다 군의 외투 덕분인 듯했다. 우수한 성능을 고려하면 예쁘지 않고 멋이 없다는 단점은 살짝 눈감아줄 만했다.

하지만 어째서 점점 더 더워지고 땀까지 나는 거지? 온천지가 다 눈투성이인데.

서서히 발과 어깨, 허리에서 통증이 느껴지자 지미는 그제야 이 외투가 보온이 잘 되고 성능이 우수해서가 아니라 이렇게 무거운 배낭을 메고 걷는 것 자체가 땀이 날 정도의 운동이라는 사실을 깨달았다.

그리고 그것을 인식하자마자 피로감과 배고픔이 물밀듯이 밀려왔다. 하루 종일 먹은 거라고는 밴드 보컬이 점심으로 헌납한 도시락 하나가 전부였고, 눈이 펑펑 내리는 날씨에 그 정도의 열량만으로는 어림도 없었다.

낭만은 충분히 느꼈으니 먹고 잘 곳을 찾아야 했다.

그러나 조금 전 기분에 취해 정처 없이 걷다 이제야 자세히 주변을 살펴보니 이미 역 근처 시내에서 꽤 멀어진 상태였다. 가까이에 집이 몇 채 있었지만, 식당이나 모텔처럼 생긴 곳은 전혀 보이지 않았다.

헉, 설마.

순간 지미는 하마터면 길거리에서 노숙할 뻔했던 전날 밤의
공포가 떠올랐다.

조금 더 걸으니 저 멀리 커다란 네온사인 간판이 보였다.

지미는 발걸음을 재촉해 다가간 후에야 그곳이 식당이나 모
텔이 아니라는 사실을 알았다.

그것보다 더 훌륭했다. 그곳은 24시간 영업하는 룸 형태의 넷
카페로 대만의 인터넷 카페 같은 곳이었다.

일본 넷카페를 처음 가본 지미는 감탄하지 않을 수 없었다.

지미가 알고 있는 대만의 인터넷 카페와는 달리 일본의 넷카
페는 프라이버시가 보장되는 개인 룸이 마련되어 있고, 룸 안에
는 누울 수 있는 소파 침대도 있었다.

대만의 인터넷 카페는 대부분 컵라면이나 전자레인지용 음
식만 먹을 수 있었지만 이곳은 정식, 카레, 돈가스 같은 메뉴뿐
아니라 여러 음료와 아이스크림을 배불리 먹을 수 있게 준비된
바도 있었다.

게다가 일본 오리지널 만화가 잔뜩 구비되어 있고 룸 안에는
대형 컴퓨터 모니터가 설치된 것은 물론 샤워실까지 있었다. 아

마 이곳에서 일주일을 머물러도 전혀 지루하지 않을 터였다.

지미는 샤워실에서 따뜻한 물로 샤워한 후 야스다 군의 배낭을 뒤져 깨끗해 보이는 속옷과 운동복을 꺼내 이를 꽉 물고 갈아입었다. 그제야 쾌적함이 느껴졌다.

"저기, 여행 중이세요? 오늘 막 아키타에 오셨나요?"

눈에 띄는 큰 배낭은 지미가 여행 중이라는 사실을 선명하게 드러냈다. 카운터 직원이 생선구이 정식을 가져다주며 질문을 던졌다.

"네."

"어디에서 오셨어요?"

"대만이요."

"어머, 대만분이세요? 제가 만난 첫 번째 대만 남자세요!"

직원은 매우 흥분했다. 아마도 이 지역에서 외국인을 만나는 일이 드물어서 그런 것 같았다.

"그럼, 제가 당신이 알게 된 첫 번째 아키타 여자인가요?"

"아쉽지만, 아니에요."

"네?"

이날 지미는 영문은 모르겠지만 그 직원에게 18년 전 아미를 만난 일에 대해 주절주절 이야기를 늘어놓았다.

'여행은 사람을 진솔하게 만드는 마법 같은 힘이 있네.'

지미는 생각했다.

"와, 너무 낭만적이다!"

넷카페 여직원 세 명이 지미의 룸 입구에 모여 이야기를 듣다가 소리를 질렀다. 지미의 룸 탁자 위는 금방 간식과 간단한 요리로 가득 찼다. 모두 직원들이 가져다준 음식이었다.

"맙소사, 나 너무 감동해서 죽을 것 같아."

'전 배가 터져서 죽을 것 같아요.'

지미는 속으로 중얼댔다.

"그럼 그 여성분을 찾으려고 일부러 청춘 18 열차를 타고 여기에 온 거예요?"

"그렇다고 할 수 있는데, 꼭 그것 때문만은 아니에요."

"네?"

넷카페는 방음 효과가 좀 떨어졌지만 그럼에도 그날 밤 지미는 꿀잠을 잘 수 있었다.

타이베이, 아침.

샤오후이는 안치의 집으로 가 그녀를 데리고 일터로 출발할
참이었다.

아파트 현관문을 열던 샤오후이는 깜짝 놀랐다.

거실이 먼지 하나 없이 깨끗했다.

잠깐, 먼지 하나 없다고?

샤오후이는 자신의 눈을 믿을 수가 없었다. 몇 년 전 처음 안
치의 아파트 출입을 허락받은 뒤로 지금까지 거실이 이렇게 깔
끔한 모습은 본 적이 없었다.

소파와 바닥에 있던 쓰레기도 보이지 않았다. 잡지와 책도 모
두 한쪽 책장에 가지런히 꽂혀 있었다.

때마침 거울 앞에서 화장을 하고 있던 안치가 고개를 돌려 인

사했다.

샤오후이가 의심스러운 눈초리로 평소와 다름없는 얼굴과 단정한 옷차림의 '업무 모드', 아니 '투쟁 모드'로 한 단계 업그레이드된 안치를 바라보았다.

"뭐야, 정말 하루 더 쉬지 않아도 괜찮아요?"

"됐어, 해야 할 일이 산더미잖아."

"하지만… 괜찮아요?"

"쓸데없는 소리. 이 언니가 누구니?"

안치는 말끝에 지미의 다이어리를 샤오후이에게 건넸다.

"나 대신 지미 고향집에 부쳐줘. 아 참, 저번에 리 선생님이 말한 영화 주제곡 말이야. 바로 시간 잡아서 구체적인 사항 이야기하자고 연락도 좀 해줘."

일본, 아키타.

여직원들이 준 마음이 가득 담긴 응원과 선물을 가지고 지미는 아침 일찍 넷카페를 나섰다.

이제 어떡하지?

아미에 관한 정보는 카드에서 언급된, 즉 '아키타에는 꽤 유명한 합기도장이 있어'라는 말뿐이었다.

'그래, 한번 가보자.'

지미는 생각했다.

혹시 찾으면 멀리서라도 보면 되니까.

이미 상황은 이렇게 되었고, 여기까지 왔으면서도 지미는 과연 문을 두드릴 용기가 있을지 자신이 미덥지 않았다. 어찌 됐든 벌써 18년이 지난 일이니까. 아무 소식도 전하지 않았다는 건 아마도 나란 사람을 잊었다는 의미가 아닐까?

아무튼 조용히 가서 멀리서라도 보고 다시 생각해 보자.

인터넷에 검색한 내용과 넷카페 여직원들이 적극적으로 찾아준 정보에 따르면, 아키타에서 꽤 유명한 합기도장은 세 곳 정도밖에 없는 듯했다.

전혀 어렵지 않겠어.

게다가 그중 한 곳은 이 근처니 천천히 걸어가 보자.

아키타 거리에는 차나 사람이 많지 않았다. 어젯밤 눈이 내린 후 아침에는 해가 내리쬐어 날씨가 무척 상쾌했다.

이곳이 바로 아미가 태어나고 자란 도시구나.

혹시라도 거리에서 지나치진 않을까.

이런 생각에 지미는 지나가는 모든 여성을 신경 쓰지 않을 수 없었다.

아, 역시 '아키타 미인'이라는 말이 괜히 있는 게 아니네. 하지만 그 여성들은 아미가 아니었다.

비록 18년이 지났지만 지미는 어떤 모습으로 변했든 아미를 알아볼 자신이 있었다.

그런데, 아미가 날 알아볼까? 지미는 이것에는 전혀 자신이 없었다.

눈을 이리저리 굴리고 쓸데없는 생각을 하며 10여 분을 걸은 지미는 주소에 적힌 10층 정도 되는 빌딩 앞에 도착했다.

빌딩 제일 높은 곳에 합기도장이 있었다. 지미는 엘리베이터를 타고 10층으로 올라갔다.

"누구세요?"

잠긴 도장 문밖에서 안을 들여다보는데 뒤쪽에서 갑자기 누군가의 목소리가 들렸다.

깜짝 놀라 고개를 돌리니 험상궂은 인상의 마흔 살 정도 된 남자가 지미를 경계심 가득한 눈빛으로 훑어보고 있었다.

"어, 그게….."

"보아하니 합기도를 배우러 온 건 아닌 듯한데."

"아 네, 그건 아니고."

"그럼 무슨 일이시죠? 저희 도장에는 훔칠 게 없는데요."

대화를 나누는 사이 엘리베이터에서 남자 예닐곱 명이 내려 중년 남자 뒤에 섰다.

'저기요, 어떤 정신 나간 도둑이 감히 여기에 물건을 훔치러 오겠어요.'

지미는 생각했다.

어째서 이번 일본 여행에선 계속 도둑으로 오해를 받는 건지. 하지만 이렇게 큰 배낭을 메고 수상쩍게 행동하는 그의 모습을 보면 충분히 의심할 만했다.

"그게, 수상한 사람은 아니고요."

"세상에 '제가 도둑이에요' 하는 사람이 어딨어요?"

"아뇨, 뭘 좀 물어보려고요."

"네? 말씀해 보세요."

"어, 그게, 그러니까."

"봐요. 역시 수상하잖아요."

지미가 도망갈까 싶은지 남자들이 그를 에워쌌다. 지미의 키가 머리 반쯤 더 컸지만, 그들은 모두 무술 고수이자 숙련자처럼 보였다.

"그게 실은 제가 친구 한 명을 찾고 있어서…."

이런 상황에 놓이리라고는 예상하지 못한 지미는 어쩔 수 없이 서둘러 아미의 카드를 꺼내 설명하기 시작했다.

"유일하게 아는 게 바로 합기도장, 이 단서밖에 없어서요."

남성 몇 명이 다가와 카드의 내용을 살폈다.

"여자 때문이었군요. 하하, 일단 당신을 믿어보죠. 하지만 우리 도장 본사는 도쿄에 있고, 아키타에 도장을 차린 지는 이제 3년째니 그쪽이 찾는 곳은 여기가 아닌 것 같네요."

"그렇군요. 감사합니다."

인사한 뒤 재빨리 거리로 나온 지미는 그제야 한시름 놓았다.

'쳇, 너무 쉽게 생각한 모양이군.'

지미는 생각했다.

게다가 이 큰 배낭이 사람들의 주의를 끄니 눈에 띄지 않을 수가 없잖아.

전략을 다시 짜야겠어.

좋은 생각이 떠오른 지미는 우선 아키타역으로 가서 물품 보관함에 배낭을 보관했다. 그러고는 택시를 타고 두 번째 합기도장을 찾았다.

시간이 이른 편이라 그런지 아직 도장은 문을 열지 않았다. 하는 수 없이 지미는 택시를 잡아타고 세 번째 합기도장으로 향했다.

운이 나쁘지 않았다. 세 번째 도장은 이미 문을 연 상태였다. 도장은 주택가 조용한 골목 안에 위치한 고풍스러운 일본식 목조 주택에 자리해 있었다.

지미의 전략은 매우 단순했다. 한마디로 정리하면 합기도를 배우고 싶다고 거짓말을 한 뒤 정보를 얻어낼 심산이었다.

"합기도에 관심이 있어서요. 잠시 구경해도 될까요?"

역시나 이렇게 말하니 친절한 아주머니가 지미를 데리고 도장으로 들어갔다. 지미는 도장 안을 구경하며 아주머니가 공짜로 주신 따뜻한 차까지 음미했다.

구경을 마친 지미가 아주머니에게 질문하려 할 때였다. 머리부터 수염까지 전부 새하얀, 차분한 걸음걸이의 어르신이 들어왔다. 아주머니는 바로 지미를 내버려두고 그를 맞이하러 갔다.

도장 안에서 연습 중이던 학생들도 모두 하던 동작을 멈추고 거의 한 목소리로 아주 크게 어르신에게 인사했다.

"경례!"

"스승님, 안녕하세요!"

인자해 보이는 어르신이 도장을 둘러보며 학생들의 인사에 화답했다. 그러다 이내 지미에게 시선을 두었다.

"어? 저쪽에 있는 저분은 못 보던 분 같은데, 참관하러 오셨나?"

"네, 거기다 대만분이래요. 외국인도 합기도에 관심이 있는 줄 몰랐다니까요."

지미를 안으로 안내한 아주머니가 말했다.

지미는 서둘러 고개를 끄덕이며 인사했다.

"오, 대만 사람이야? 드문 일이군."

어르신은 미소를 지으며 지미를 잠시 훑어보다가 갑자기 눈썹 하나를 치켜들었다.

"그렇게 눈으로 봐서는 합기도를 절대 이해할 수 없을 텐데, 직접 해보지 않겠나?"

이 말을 들은 지미는 무슨 상황인지 파악하지 못한 채 멍하니 있었다. 도장이 순식간에 열기로 휩싸였다.

"와, 스승님이 직접 시범을 보이시나 봐!"

"진짜 대박!"

"스승님이 하시는 거 본 지 꽤 됐는데!"

"엄청난 행운이네!"

학생들이 저마다 이런저런 말을 내뱉으며 지미를 둘러쌌다. 원래 한쪽에서 구경할 생각이었던 지미는 난데없이 도장 사람들의 스포트라이트를 받게 되었다.

"저, 질문이 있는데요."

"대만에서 오신 형님, 정말 운 좋으신 거예요."

"그게, 저는."

"스승님과 겨룰 기회라니. 저는 그런 영광을 누려본 적이 없어요."

응? 겨룬다고?

어르신이 도장 중앙으로 가서 미소 띤 얼굴로 자신을 향해 손짓하는 것을 본 지미는 그제야 상황을 이해했다.

"아뇨, 저는."

"와요, 대만 청년!"

"그게."

"어서 가요. 비록 스승님의 털끝 하나도 건드리지 못하겠지만요, 하하하."

어리둥절해하던 지미는 사람들에게 둘러싸여 도장 중앙으로 떠밀렸다.

어르신이 두 손을 흔들며 타오르는 듯한 눈빛으로 지미를 쳐다보았다.

"자, 어떻게 시작하든 다 괜찮네. 걱정하지 말게. 자넬 다치게 할 정도로 힘을 쓰진 않을 테니."

지, 진심이에요?

지미는 키가 채 160센티미터도 되지 않는 데다 인자한 얼굴에 마르고 여윈 어르신을 바라봤다. 이건, 아무리 그래도….

어르신은 마치 그의 마음을 꿰뚫어 보는 듯했다.

"자네, 나를 다치게 할까 봐 걱정하는 건 아니지? 하하."

도장 전체가 웃음소리로 가득 찼다.

"그리고 사실 합기도 배울 생각도 없지?"

맙소사, 더 이상 꾸물댔다가는 다 까발려지겠군.

지미는 하는 수 없이 주먹으로 치는 척을 했다.

어르신은 지미의 주먹이 눈앞에서 멈추는 것을 피하지 않고 똑바로 바라보았다.

"하하, 보아하니 내가 먼저 공격하지 않으면 적극적으로 하지 않겠구만."

어르신이 말을 마치기도 전이었다. 지미는 갑자기 하늘과 땅
이 빙빙 도는 느낌을 받았다.

무슨 일이 일어났는지 알아차리기도 전에 귓가에 바람 소리
가 들리더니 이어서 등에서 큰 통증이 느껴졌다. 어느새 지미는
하늘을 향한 채 다다미 바닥 위에 대자로 누워 있었다. 어르신
은 미소 띤 얼굴로 위에서 그를 굽어보았다.

어, 어떻게 된 거죠?

"어때, 이제야 제대로 공격할 생각이 드나? 그리고, 이렇게 커
다란 체격이 말이야. 보기에만 좋지 실속은 없네?"

허, 감히 이 천재에게 자극 요법을 사용하시겠다?

조금 전에는 상황 파악을 제대로 못 한 탓에 당했지만 사실
그리 아프지는 않았다. 지미는 튀어 올라 어르신 앞으로 쑥 다
가갔다.

'이 몸이 어르신을 가볍게 쓰러뜨려 드릴게요. 그러면 공평해
지니까.'

지미는 생각했다.

지미의 손가락이 어르신의 손목을 스쳤을 뿐이었다. 그런데
무슨 영문인지 순간 다시 한번 하늘과 땅이 뒤집히더니 허리가
바닥에 닿았다.

시야에 들어온 것은 역시나 자신을 굽어보는 어르신의 미소

띤 얼굴이었다.

이, 이게 대체.

이 몸은, 아니 믿을 수 없어.

승부욕이 발동한 지미는 또 한 번 어르신에게 달려들었다.

그러나 한 번, 또 한 번 바닥으로 고꾸라졌고, 다시 또 일어섰다.

나중에는 힘을 너무 주지 말아야 한다는 생각조차 완전히 잊어버렸다.

앞에 보이는 어르신은 더 이상 왜소하고 연약한 노인이 아니었다. 범접할 수 없는 거대한 석상 같았다.

그래도 결과는 바뀌지 않았다. 아무리 달려들어도 결국 이곳저곳으로 고꾸라질 뿐이었다.

아, 왜 이렇게 갈수록 숨이 차지?

그리고 더 아파.

그런데… 어째서 후련한 느낌이 들지?

미친 건가.

"음, 무릎을 크게 다친 적이 있지? 이제 그만하지."

마지막으로 지미는 바닥에 또 고꾸라지겠다고 생각했다. 하지만 예상과 달리 공중에서 한 바퀴 회전한 몸은 두 발로 착지해 바닥에 안정적으로 섰다.

'와, 진짜 내 몸이 아닌 것 같네. 마치 장난감처럼 다른 사람한 테 조종당한 느낌이야.'

지미는 생각했다.

더군다나 무릎을 크게 다친 건 어떻게 알았지? 아주 오래전 의 일인데.

지미는 깔끔히 승복했다.

사방에서 환호성이 들끓었다.

"스승님, 정말 대단하세요! '투명의 힘' 기법을 이렇게 신의 경지까지 승화시키시다니."

"역시 다이토류大東流*의 직계 전수자답습니다!"

"대만 형님, 정말 부럽습니다!"

"제가 고꾸라졌으면 진짜 행복할 텐데!"

"너무 짜증 나요. 나도 스승님한테 후려쳐지고 싶다고요!"

'보아하니 미친 사람이 나 하나만은 아니군.'

지미는 생각했다.

늙은 스승이 손을 들자, 주변이 고요해졌다.

"이 청년, 합기도를 배우러 온 게 아닌 것 같은데?"

* 20세기 초 다케다 소카쿠에 의해 널리 알려진 일본의 무술.

네? 어, 어떻게 아셨나요?

"하하, 합기도의 투명의 힘 기법은 적을 물리칠 수 있을 뿐만 아니라 사람의 마음도 들여다볼 수 있다네."

진, 진짜예요? 아니면, 장난이에요?

"자네 마음에 풀지 못한 응어리가 있던데?"

아니, 그것까지 아신다고요?

"아, 솔직히 말하면 일이 하나 있었습니다."

지미는 어쩔 수 없이 솔직하게 털어놨다.

"하하, 역시 그렇군. 근데 그저 그 이유만은 아닌 것 같은데? 음… 여자랑 관계된 일인가?"

너, 너무 무서운 기법이군.

아니다. 이건 일본인이 날 때부터 가지고 태어나는 직감이라고 보는 게 맞겠지?

결국 지미는 아미의 카드를 꺼내 보이며 이곳에 오게 된 사연을 이야기했다.

"하하, 그랬구먼."

늙은 스승은 이야기를 듣고 웃으며 말했다.

"아쉽네만, 우리 도장은 내가 만들었다네. 이 늙은이에게는 딸도 손녀딸도 없지."

"그러시군요."

"자네가 방문하려고 하는 다른 한 곳은 내 제자가 10년 전에 연 도장이니, 찾는 곳이 아닐 듯하네."

그 말을 듣자 지미는 자신도 모르게 풀이 죽었다.

어쩌면 합기도장이라는 단서는 당시 아미가 그냥 웃자고 한 말일 수도….

지미가 인사하고 도장을 떠나려는데 그를 데리고 들어온 아주머니가 불현듯 입을 열었다.

"여보, 그거 기억나요? 왜 옛날에 당신과 '아키타 일인자'를 두고 겨뤘던 그 사람이요."

늙은 스승은 그 이야기를 듣고 미간을 찌푸리며 잠시 생각에 잠겼다.

"그 자식 말이군. 음, 20년 전 일이지? 그 녀석의 도장은 예전에 문을 닫았잖아. 그리고 일찍이 아키타를 떠났다고 들었고."

"맞아요. 근데 이 젊은이가 가진 단서도 아주 오래전의 일이잖아요."

"그렇지. 설마 이 젊은이가 찾으려고 하는 사람이 와타나베, 그 절대로 굴복하지 않던 녀석의, 음…."

늙은 스승이 지미의 손에서 카드를 뺏어가다시피 가로채더니 아미의 이름을 유심히 바라봤다.

"와타나베 아미? 하하, 보아하니 자네가 찾던 사람이 진짜 와타나베 그 자식의 딸이구먼. 하하하, 정말 뜻밖일세."

"기사님, 여기가 맞나요?"

택시가 아키타를 절반 정도 지나 고요한 마을 골목 입구에 멈춰 섰다.

"여기가 확실합니다."

"그렇군요."

택시가 떠난 후 지미는 눈앞의 건물을 보고 머리를 긁적였다.

손에 쥔 주소는 도장 어르신이 이곳저곳을 뒤져 어렵사리 찾아낸 것으로, 전에 와타나베 도장이 있던 곳이었다.

그런데 도착하고 보니 이곳은 합기도장이 아니라 요가 학원이었다.

하하, 역시 옛날에 없어진 게 사실이었군.

어렵게 찾은 단서가 다시 무용지물이 되자, 지미는 요가 교실 입구에 서서 어찌해야 할지 망설였다.

어쩌지? 여기서 포기해야 하나? 하지만 이렇게 멀리 왔는데.

그때 요가 수업이 시작될 시간인지 매트를 등에 멘 아줌마들이 하나둘 도착했고, 나이가 지긋한 할머니도 교실로 들어갔다. 사람들은 교실에 들어서기 전, 입구에 서 있는 지미를 호기심 어린 눈빛으로 여러 번 훑어보았다.

"안녕하세요. 청년, 혹시 요가 수업 등록하러 온 건 아니죠?"

키가 크고 활발해 보이는 아줌마 한 명이 지미에게 인사를 건넸다. 그러자 그 옆에 있던 아줌마 두 명이 큰 소리로 웃었다.

"무슨 소리야, 말도 안 돼."

"하하, 청년, 신경 쓰지 말아요. 항상 시답잖은 소리를 하는 사람이니."

지미가 입을 열었다.

"그게, 한번 들어보고 싶어서요."

"네?"

아줌마 세 명이 입을 떡 벌린 채 서로를 바라봤다.

"저기, 진짜예요?"

"저희 요가 수업에도 이제 남성 회원이 생기는 거예요?"

"거기다 저렇게 어리고 멋진 젊은이라니, 와우."

흥분한 세 아줌마에게 둘러싸인 지미는 그 즉시 자신의 말을 후회했다.

하지만 후회해도 이미 늦었다. 지미는 아줌마들의 성화에 못 이겨 떠밀리다시피 교실로 들어갔다.

"다리를 조금 더 벌려주세요. 쭉 펴시고요."

네?

"몸은 약간 더 밑으로 숙여주세요."

왜죠?

"몸이 너무 뻣뻣하네요. 제가 좀 도와드릴게요."

"아파요, 아파."

아줌마들이 한쪽에서 구경하며 한마디씩 거들었다.

대체 이게 무슨 일이람? 지미는 죽고 싶을 만큼의 아픔을 느끼며 생각했다.

'저는 그저 구경하러 온 거라고요. 왜 갑자기 저를 구경하는 건데요.'

"하하, 자 봐봐요. 이제 내려가죠?"

"젊은이, 지금 이건 요가에서 가장 기본적인 동작이에요."

"몸이 너무 뻣뻣하네. 젊은이, 이래선 큰일 나요."

"다시 몸을 좀 눌러야겠어요."

아악, 아파 죽겠어요.

"저기, 여러분, 놔주시죠."

난데없이 등장한 목소리에 사방에서 들리던 말소리가 즉각 조용해졌다. 지미의 등을 누르던 힘도 사라졌다.

휴, 이제 살았군.

지미는 별안간 나타난 생명의 은인을 감격에 겨운 눈빛으로 쳐다보았다.

몸에 딱 맞는 요가복을 입은 사람이 보였다. 나이는 좀 들어 보이지만 균형 잡힌 몸매를 가진 아줌마였다. 주름이 살짝 지게 미소를 지은 아줌마가 호기심 어린 눈빛으로 지미를 살펴봤다. 다른 사람들이 하나둘씩 인사를 건넸다.

"선생님, 안녕하세요."

"안녕하세요, 선생님."

지미는 그제야 지금 보이는 이 사람이 요가 학원의 선생님이라는 것을 알았다.

"안녕하세요. 저기, 왜 아침부터 청년을 괴롭히고 계세요?"

강사가 물었다.

"이분은 누가 데려오신 아드님이세요?"

"하하, 그게 아니고요."

키 크고 덩치 좋은 아줌마가 대답했다.

"이 청년이 요가를 배워보고 싶다고 해서요."

"네?"

강사는 슬며시 웃으며 지미를 바라봤다.

"진짜예요?"

"아, 안녕하세요?"

지미는 쑤시고 아픈 다리와 허리를 주무르며 일어났다.

"저, 구경 좀 하고 싶어서 왔습니다."

"그게, 요가 이 운동은요, 눈으로 봐서는 그 속에 담긴 심오한 의미를 이해할 수 없어요, 그렇죠?"

덩치 큰 아줌마가 웃으며 말했다.

'하지만 직접 하겠다고는 안 했잖아요.'

지미는 생각했다.

합기도장에서나 요가 학원에서나 아키타 사람들은 원래 이렇게 적극적인가?

"어머, 감사하긴 하지만 저희 수업은 여성 회원만 받아서요."

강사가 미안해하며 말했다.

"정말 죄송해요."

휴, 다행입니다.

"괜찮습니다."

지미가 서둘러 말했다.

"저기, 하나 물어볼 게 있는데요. 그게…."

"선생님, 등록하게 해주세요."

덩치 큰 아줌마가 지미의 말을 끊었다.

"저렇게 등록하고 싶어 하잖아요. 저희는 전혀 상관없어요."

으, 제가 그렇게 하고 싶어 하는 것처럼 보이나요.

"게다가."

덩치 큰 아줌마가 말을 이었다.

"이 청년은 저 멀리 대만에서 왔대요. 정말 특별하지 않아요?"

"대만이요?"

강사는 흠칫 놀라 다시 지미를 훑어보았다.

"대만분이세요?"

"네."

지미가 말했다.

"등록하지 못해도 괜찮은데, 하나 물어보고 싶은 게 있어서요."

"잠시만요, 저기 설마 지미짱… 인가요?"

강사가 불쑥 질문을 던졌다.

"헉."

"어머, 정말 지미군요! 처음 뵙네요. 전 아미 엄마예요."

요가 교실 뒷문으로 나와 마당을 지나니 2층짜리 작은 집 한 채가 보였다.

아미의 어머니는 거실에 앉은 지미 앞에 차를 내온 뒤 2층으로 올라갔다. 기모노로 갈아입고 다시 1층으로 내려온 그녀의 손에는 노란 봉투가 들려 있었다.

"진짜 많이 놀랐어요. 너무 죄송해요, 요가복 입은 모습을 보게 해서."

지미는 서둘러 일어나며 말했다.

"아니에요, 제 실수죠. 이렇게 갑자기 무례하게 찾아왔으니."

아미의 어머니는 다시 앉으라는 듯 지미의 어깨에 손을 올렸다. 그러고는 들고 있던 노란 봉투에서 사진을 꺼내 탁자 위에 놓았다.

그건 18년 전 지미와 아미가 고베 통나무 노래방 로비에서 찍은 사진이었다.

"지미를 진짜로 만나게 될 줄은 상상도 못 했네요. 지금도 믿기지 않아요."

아미의 어머니가 웃으며 말했다.

"이 사진은 지겹도록 많이 봤어요. 지미 군 모습은 거의 변한 게 없네요. 제가 좀 더 빨리 알아챘어야 하는데."

"저기, 아미는 지금… 아직 여기 사나요?"

"아 네, 어떻게 말해야 할까요? 애 아빠가 도쿄로 데려가야 한다고 고집을 부리는 통에. 정말 미안해요, 또 돌아가야겠네요."

"아, 아닙니다. 사실 진짜로 찾을 거라고는 기대 안 했거든요."

"호호, 정말 운이 좋았어요. 제가 요가에 푹 빠져서 아미 아빠가 하던 합기도장을 요가 학원으로 바꾸지 않았다면 아마 진작에 여길 팔아버렸을 거예요. 그랬으면 지미 군이 왔어도 어떤 단서도 찾지 못했겠죠."

"네? 처음부터 요가 학원을 하신 게 아니에요?"

"아니에요."

아미의 어머니가 웃으며 대답했다.

"이혼하고 아미가 집을 떠난 후에 힘들게 찾은 새 인생이었죠."

아미의 어머니는 이 말을 하면서 들고 있던 노란 봉투를 지미에게 건넸다.

"여길 찾아왔다는 건 인연이 있다는 거겠죠. 이걸 전해주라는 신의 계시였나 보네요."

"이건…."

"아미가 지미 군에게 쓴 편지예요."

"네?"

"호호, 저한테는 숙제였죠. 이 편지를 지미 군한테 보내고 싶었어요. 그런데 주소를 몰라서….."

지미는 노란 봉투를 열고 힐끗 안을 살폈다. 두꺼운 종이들이 보였는데 대략 일고여덟 통의 편지가 들어 있는 듯했다.

"아, 근데."

"왜 아미가 직접 편지를 보내지 않았는지 묻고 싶은 거죠? 질문에 대한 답은 그 편지에 있어요. 아, 이렇게 말하니 너무 미안하네요. 사실 그 편지들을 몰래 봤어요. 정말 미안해요."

"하지만."

"걱정하지 말아요. 그냥 제 생각인데, 가져가도 될 거예요. 전아미의 엄마니까요."

"감사합니다."

"지미 군, 사실….."

"네?"

"아, 아니에요. 보면 알 거예요. 봉투 안에 쪽지가 한 장 있어요. 아미의 주소가 적혀 있죠. 시간 되면 도쿄로 한번 보러 가요."

요가 교실 밖에서 아미의 어머니가 지미 대신 콜택시를 불렀다.

"그럼 휴가 즐겁게 보내길 바랄게요. 휴가인 거 맞죠?"

"아, 그런 셈이죠."

"네? 아미가 얘기한 바로는… 음악 한다고 하던데, 맞죠?"

지미는 잠시 침묵에 빠졌다.

"실은, 음악을 포기할까 합니다."

"네? 왜요?"

"음, 뭐라고 해야 할까요. 저에게 재능이 없다는 걸 아는 것도 하나의 재능 아닐까요? 벌써 서른여섯이나 됐고, 새로운 길을 시작하기에 좀 늦긴 했지만, 너무 늦은 건 아니니까요. 아주머니도 요가라는 길을 찾으셨잖아요."

그때 택시가 도착했다.

아미의 어머니는 고개를 끄덕이며 미소 띤 얼굴로 말했다.

"보아하니 지금 여기에 아무 이유 없이 온 건 아닌가 보네요. 이번 여행이 끝날 때쯤엔 원하는 답을 찾길 바랄게요."

"감사합니다."

아키타역으로 돌아온 지미는 배낭을 찾은 뒤 한시도 지체하지 않고 청춘 18 티켓에 세 번째 도장을 찍자마자 남쪽으로 가는 우에쓰 본선 열차에 올랐다.

비행기나 신칸센을 타면 당일 저녁 도쿄에 도착해 아미를 볼 수 있을지도 몰랐다.

하지만 지미는 청춘 18 열차를 타기로 결정했다.

이번 청춘 18 여행을 흐지부지 끝낸다면 아미의 얼굴을 본다고 해도 비웃음을 살 게 뻔했으니까.

아무튼 지미는 여정에 올랐다.

여행한 지 3일째 되는 날, 아키타역에서 오후에 출발한 지미
는 하루 동안 갈 수 있는 만큼 최대한 많이 이동하기로 했다.

이곳 북쪽으로 오는 열차가 첩첩산중을 지났다면 남쪽으로
향하는 이 열차는 해안선을 따라 운행했다.

출발한 지 얼마 되지 않아 하늘이 또 눈꽃을 흩뿌리기 시작했다.

지미는 창밖의 풍경을 보며 넋을 잃고 있다가 생각을 정리했다.

정말로 아미의 소식을 들을 수 있을 거란 상상도, 아미의 집
에 갈 수 있을 거란 상상도 해본 적이 없었다. 그래서 지금 이 순
간 꿈을 꾸는 기분이 들었다.

문제가 없다면 내일 또는 모레, 도쿄에 도착하겠지? 그땐 아
미를 볼 수 있겠지.

하지만 나에게 진짜로 아미를 보러 갈 용기가 있을까? 이 노
란 봉투 안에 든 편지조차 아직 꺼내 보지 못하고 있으면서.

쯧쯧, 이거야말로 막상 멍석을 깔아주니 아무것도 못 하는 꼴
이 아닌가.

아라야역에서 열차를 갈아타고 나니 주변에 사람이 거의 없
었다. 지미는 녹초가 되어 곯아떨어졌다.

아침부터 합기도와 요가를 체험한 데다 그 후 아미의 집까지

찾은 탓에 몸도 마음도 큰 자극을 받은 듯했다.

지미의 의식이 점점 흐려졌다.

몽롱한 상태에서 지미는 어느새 도쿄 거리에 있었다. 매우 조용한 주택가를 걸어가는 중이었다.

지미는 걷고 또 걷다가 한 아파트 계단에 다다랐다. 그 계단을 올라 3층 어느 집 앞에 멈춰 섰다.

초인종을 눌렀다.

"나갑니다. 누구세요?"

집 안에서 낯익으면서도 낯선 아미의 목소리가 들려왔다.

발걸음 소리가 가까워지고 문이 열렸다.

집 안에서 새어 나오는 빛에 눈이 부셨다. 강한 빛 때문에 사람의 형체가 희미했다. 빛이 뒤에서 비쳐 아미의 얼굴이 제대로 보이지 않았다.

잘 보려고 애쓰는데 누군가 뒤에서 자꾸 지미의 어깨를 툭툭 쳤다.

"청년, 청년."

그만 좀 해요, 드디어 아미를 만났다고요.

"청년, 저기."

뭐 하는 거예요, 이따가 말하면 안 돼요?

"청년."

"시끄러워 죽겠네!"

지미가 큰 소리를 지르며 눈을 떴다.

아파트 문과 강렬한 빛이 사라졌다. 주위를 살펴보니 여전히 열차 안이었고, 바로 앞에는 유니폼을 입은 아저씨가 서 있었다. 지미는 잠시 어리둥절했다.

"…종점이에요."

역무원 아저씨가 말했다.

착시인가, 아저씨 얼굴이 왜 이리 못나 보이지?

지미는 서둘러 열차에서 내렸다.

플랫폼 맞은편에 마침 출발 대기 중인 열차가 한 대 보였다. 지미는 생각할 겨를도 없이 바로 열차에 올라탔다.

올라탄 지 거의 5초 만에 열차의 문이 닫혔다.

기적 소리를 울린 열차는 서서히 움직이면서 우고혼조역을 빠져나갔다.

플랫폼에 서 있던 원망스러운 표정의 아저씨가 시선에서 사라지자 지미는 그제야 마음을 놓았다.

휴, 엄청 깊이 잠들었네. 꿈까지 꾼 것 같은데?

방금 올라탄 이 열차는 한 량짜리 미니 열차였다. 열차 안에서 구식 디젤엔진 특유의 기름 냄새가 은은하게 느껴졌다. 열차는 달릴 때 쿠당탕하는 거대한 기계음을 냈고, 그에 반해 속도는 빠르지 않았다.

이번 여행에서 처음 타는 형태의 열차였다. 대만에서도 이제 이런 구식 열차는 거의 찾아볼 수 없었다.

간이역 두 곳에 잠시 정차한 후 열차가 숲을 지나자 사방이 뚫린 곳이 나왔다. 눈앞 저 멀리 산으로 둘러싸인, 하얀 눈으로 뒤덮인 들판이 펼쳐졌다.

가느다란 몸체를 자랑하는 새들이 달리는 열차에 놀라 하늘 저편으로 달아났다.

신선이 사는 곳의 풍경 같아서 전혀 현실이라는 생각이 들지 않았다.

"아저씨, 어디에서 오셨어요?"

경치에 매료된 지미의 등 뒤에서 앳된 목소리가 들렸다.

열차 안에는 승객이 많지 않았다. 지미의 뒤에는 할머니 한 분과 하늘로 대포를 쏘듯 머리를 묶은 초등학교 3~4학년 정도 된 여자아이가 앉아 있었다. 뺨이 불그스레한 여자아이는 궁금하다는 듯 큰 눈으로 지미의 배낭을 쳐다보았다.

'역시 이렇게 커다란 배낭을 메고 있으니 조용히 지나가지 않는군.'

지미는 생각했다.

"대만에서 왔어."

"대만? 거기가 어디예요?"

"음, 일본 남쪽에서도 아주 먼 바다 위에 있는 나라야."

"엥? 아저씨는 일본 사람이 아니에요?"

"응."

그때, 나처럼 큰 배낭을 메고 세상을 여행하던 아미도 분명 우연히 사람들을 만나고 나와 비슷한 대화를 했겠지?

"와, 외국인이에요? 우리 동네에선 보기 힘든데."

운전석에 앉아 열차를 운행하던 차장도 한마디 거들었다.

"음, 내 일흔이 넘도록 대만 사람이랑 대화하는 건 처음일세. 전에도 본 적은 있는데 일본어를 할 줄 아는 사람이 없더라고."

머리부터 수염까지 하얗게 센 어르신이 아주 자연스럽게 지미의 옆자리로 엉덩이를 옮기며 말했다.

열차 가장 뒤쪽에 자리 잡고 있던 여고생 세 명도 어느새 앞쪽으로 옮겨 앉았다.

"대만에는 맛있는 음식이 많다던데, 맞아요?"

"대만 청춘 드라마의 남자 주인공은 다 너무 멋져요."

"나도 대만 여행 가고 싶다. 비싸겠죠?"

1분 전까지만 해도 적막했던 열차가 갑자기 떠들썩한 대화로 가득 찼고, 사람들이 에워싼 중앙에는 지미가 있었다.

아니, 이게 무슨 일인가.

어째 오늘은 어디를 가도 일본 사람들의 구경거리가 되는 느낌인지.

이런저런 이야기가 오가고 맹렬한 기세로 질문이 쏟아지자, 지미는 잠깐 어디서부터 답해야 할지 모를 지경이 되었다. 게다가 이 일본 시골 사람들은 그런 것은 아랑곳하지 않고 서로 한마디씩 주고받으며 아주 맛깔나게 대화를 이어갔다. 보아하니 원래 서로 잘 아는 사이 같았다.

"레이코, 공부 열심히 해. 좋은 대학 붙어야지. 허구한 날 여행이니 뭐니 그런 것만 생각하지 말고."

"쳇, 노다 아저씨는 꼭 저희 엄마랑 똑같은 말만 하시네요. 미리 계획 좀 해볼 수 있잖아요."

"하하, 어쨌든 공부가 제일 중요하잖니. 그리고 여행은 돈이 많이 들어. 못 믿겠으면 저 대만 청년한테 물어봐."

어라, 왜 나한테….

사람들이 모두 자신을 바라보자 지미는 하는 수 없이 입을 뗐다.

"어, 사실 대만으로 여행 가는 건 그렇게 어렵지 않아요. 일본인에겐 대만의 물가가 아주 싼 편이니까요."

"아, 저도 그 말 들어본 것 같아요."

여고생 레이코가 신난다는 듯 말했다.

"일본인 소득이 다른 나라보다 상대적으로 높은 편이래요. 저는 일본 사람이니 세계 일주도 그리 어렵지는 않을 거예요."

"하하, 레이코, 그렇게 생각하면 안 되지. 일본인의 소득이 높아도 네가 직장을 구해야지 되는 거잖아."

"하지만 제가 듣기로는 아르바이트로 돈을 벌면서 세계 일주를 하는 사람도 많대요."

"그런 생각은 비현실적이야. 못 믿겠으면 저 대만 청년한테 물어봐."

아니, 왜 또 나한테 물어보래?

레이코는 입을 삐쭉거리며 지미를 바라봤다. 살짝 긴장한 표정이 감도는, 하지만 결연한 의지가 담긴 눈빛이었다. 수십 년 전 아미를 보는 듯했다.

"레이코 학생, 세계 일주 하고 싶어요?"

"네, 전 여행을 좋아해요. 제 꿈은 다른 나라 이곳저곳을 다녀 보는 거예요. 이 세상을 구경하고 싶어요. 아저씨도 그렇죠?"

"그건 아니고요."

"그럼 아저씨의 꿈은 뭐예요?"

"흠, 그건 중요하지 않고요. 다만…."

지미가 쓴웃음을 지었다.

"제 생각에는, 자기가 좋아하는 일만 하면서 사는 건 아무래도 좀 어렵죠."

기대를 잔뜩 하고 있던 레이코는 지미의 말을 듣고 흠칫했다.

반면 노다 아저씨는 지미의 대답이 아주 흡족했다.

"자, 레이코 잘 들었지? 이 대만분도 그렇게 말씀하시잖아. 아무튼 현실적이지 못한 꿈은 일단 저쪽으로 치워두고, 열심히 공부해서 대기업에 취직하는 게…."

아저씨의 말이 끝나기도 전에 아랫입술을 앙다문 레이코가 열차 뒤쪽으로 돌아갔다. 다른 두 친구도 따라서 자리를 옮겼다.

시간이 흐르고 열차가 작은 간이역 플랫폼에 멈췄다. 레이코가 불만 어린 표정으로 혼자 열차에서 내렸다.

열차가 다시 움직였다.

노다 아저씨가 중얼거렸다.

열차 안에 어색한 공기가 흘렀다.

"노다 양반, 말 좀 줄이세."

문득 여자아이를 데리고 있던 할머니가 입을 뗐다.

계속 미소 띤 얼굴로 사람들의 이야기를 듣고만 있던 할머니가 이제야 침묵을 깬 것이다.

노다 아저씨는 놀랍게도 입을 꾹 다물었다. 마치 할머니에게 경외심을 가진 듯 보였다.

"청년, 야지마에 가는가?"

할머니가 지미를 보며 물었다.

지미는 자신이 별생각 없이 한 말이 레이코에게 적지 않은 충격을 준 것 같아 마음이 불편했다. 그런 가운데 할머니가 질문을 던지자 입에서 나오는 대로 대답했다.

"저도 모르겠어요."

이 말을 듣자 차장을 비롯한 모든 사람이 놀라서 지미를 바라보았다. 지미는 서둘러 해명했다.

"아, 저는 청춘 18 티켓으로 여행 중이라 사실 정해놓은 목적지가 없어요. 그냥 맨 마지막에 도쿄로 돌아가기만 하면 돼요."

"그렇다면."

할머니가 웃으며 말했다.

"열차를 잘못 탄 것 같네."

…네?

"청년, 청춘 18 티켓은 JR 열차만 탈 수 있어."

차장이 말했다.

"아쉽지만 이 열차는 조카이산 로쿠선 지방 열차야. JR 계통은 아니지. 미안하지만 이따가 따로 운임을 지불해야 하네."

"그리고 이 노선은 야지마까지만 가. 거기서는 환승이 안 돼."

할머니가 덧붙였다.

"계속 여행하려면 돌아가야 해. 우고혼조역까지 다시 가서 갈아타야 한다고."

…뭐라고요?

니시타키사와역에서 지미와 할머니 그리고 여자아이가 같이 내렸다.

"꼭 기억하게. 두 시간 뒤에 우고혼조역까지 가는 열차가 올 거야. 오늘 마지막 열차니까 놓치면 그다음은 없어."

할머니가 여자아이를 데리고 떠나기 전 지미에게 신신당부했다.

지미는 감사한 마음을 가득 담아 손을 흔들며 작별을 고했다.

할머니는 오래전 세상을 떠난 지미의 증조할머니를 떠올리게 했다.

할머니와 손녀 두 사람이 떠나자 온 세상이 적막에 휩싸였다.

이곳은 주변이 산으로 둘러싸인 무인 간이역이었다. 아담한 플랫폼 외엔 한쪽에 작고 네모난 통나무집 하나가 다였다. 하얀 눈에 뒤덮인 대지 위로는 철로가 구불구불한 두 줄의 검은 선을 그리며 산 저편으로 계속 이어졌다.

지미는 나무문을 열고 통나무집으로 들어갔다.

통나무집은 아주 작았다. 대략 열 명 남짓한 사람이 들어갈 만한 크기였다. 무인 간이역이지만 열차를 기다리는 승객이 추위를 피할 수 있도록 세심하게도 이런 집을 지어놓은 것이다.

천장 한쪽 모서리에 달린 스피커에선 라디오 방송이 작게 흘러나왔다.

통나무집의 다른 한쪽 나무문을 열자, 근처에 소나무 한 그루가 서 있었다. 나뭇가지에 눈이 쌓여 아래로 휜 상태였다. 통나무집 앞에는 작은 마을로 이어지는 오솔길이 길게 나 있었다. 지미는 오솔길 저 끝으로 시선을 옮겼다. 조금 전에 헤어진 할머니와 여자아이가 꺾인 길을 따라 골목으로 사라졌다.

제설 차량이 치운 것 같은 아스팔트 길을 제외하고는 차며 집이며 논이며 밭 전부 흰 눈으로 뒤덮여 있었다.

그리고 하늘에서는 여전히 가는 눈발이 흩날렸다.

지미는 통나무집 근처를 한 바퀴 돌았다. 사람은커녕 개나 고양이, 새 한 마리조차 찾아볼 수 없었다.

세상이 온통 고요해서 마치 눈이 내리는 소리가 들리는 것만 같았다.

주변을 한 바퀴 돌아본 지미는 다시 통나무집으로 들어갔다.

난로는 없지만 양쪽 문을 다 닫아놔서 바깥보다 꽤 따뜻했다. 집 안에는 벽에 붙은 긴 나무 의자 외에는 아무것도 없었다. 벽에 붙여둔 온천 민박 포스터만이 유일한 장식품이었다. 여전히 흘러나오고 있는 라디오 방송의 음성이 들렸다.

갈 만한 곳도 없고 할 만한 것도 없던 지미는 배낭을 의자 한쪽 끝에 세워두고 그 옆에 앉아 잠을 청했다.

바로 그때, 스피커에서 익숙한 디지털 피아노 선율이 흘러나왔다.

"이어지는 노래는 오타루시의 키토시타 학생이 신청한 「역」

입니다. 타케우치 마리야의 이 노래를 이사를 가서 다시 보지 못하는 친구에게 전하고 싶다고 하네요."

아.

아미가 노래 대회에서 불렀던 그 곡이었다.

여기서 또 이 노래를 듣게 될 줄이야.

어릴 적부터 성인이 될 때까지 지미는 라디오 방송을 듣는 습관이 있었다.

이 습관은 초등학생 때 처음 라디오를 사면서 시작되었다.

학창 시절에 지미가 가장 좋아했던 것 중 하나가 바로 라디오를 켜고 채널을 돌리면서 음성이 선명해질 때까지 수신 주파수를 맞추는 것이었다. 그러면 라디오 방송이 온 방 안에 울려 퍼졌다.

간혹 좋아하는 노래가 나오거나 처음 듣는 좋은 노래가 나오면 아주 큰 행운이라고 생각했고, 그날은 특별히 더 기분이 좋았다.

또 제일 좋아하는 노래를 녹음하기 위해 오랜 시간 라디오 앞을 지킨 적도 있었다.

이런 습관은 지미가 작곡가가 된 뒤에도 쭉 지속되었다.

심지어 이후에 인터넷 미디어가 인기를 끌고 손가락 하나만 까딱해도 듣고 싶은 노래를 검색할 수 있는 시대가 왔지만, 그럼에도 지미는 예상치 못한 즐거움이 가득한 라디오 청취를 놓지 못했다. 운전할 때나 잠이 오지 않는 깊은 밤에 시간만 나면 항상 라디오를 켜고 방송을 들었다.

'아미가 노래 대회에서 「역」이라는 곡을 부른 뒤 18년간 라디오에서 우연히 이 노래를 들은 게 몇 번이나 되지?'

지미는 생각했다.

지금껏 라디오에서 이 노래를 들었던 모든 상황을 지미는 아직도 똑똑히 기억했다.

라디오에서 처음 이 노래를 들은 건 아마 대학을 막 졸업할 즈음이었을 것이다.

그 당시 지미는 대학에 입학하고 얼마 지나지 않아 전공 변경 시험을 치러 음악과로 전과했고, 작곡을 주전공, 피아노와 기타를 부전공으로 선택했다. 리궈싱이 노래 대회에서 지적한 기본기 부족을 4년의 대학 생활 동안 죽기 살기로 채워나갔다.

그런 그가 졸업 후 지원한 첫 회사가 바로 리궈싱이 운영하는 궈싱뮤직이었다.

지미는 리궈싱이 그와 「세상의 끝」을 여전히 기억하고 있을 줄은 상상도 못 했다. 게다가 회사에 들어간 뒤 리궈싱이 맡긴 첫 업무가 대학 4년 동안 배운 모든 지식을 활용해 「세상의 끝」을 편곡하라는 것이었다.

리궈싱에게 인정받는 건 결코 쉬운 일이 아니었다. 회사에 들어간 후 3개월 동안 지미는 거의 날마다 회사에서 살다시피 했다. 어느 날 밤, 마침내 리궈싱이 고개를 끄덕였다.

"드디어 전문 뮤지션의 태가 나는군. 음, 이 노래는 꿈을 좇기 시작한 여성에게 선사하는 듯해. 따뜻하고 또 아쉬움이 가득하지. 그리고 세상을 탐색하려는 용기로 넘쳐. 내 생각엔 이제 막 데뷔하는 신인에게 잘 어울릴 것 같으니 그렇게 추진해 보지."

리궈싱이 녹음실을 나간 뒤 지미는 너무 기쁜 나머지 괴성을 지를 뻔했다.

녹음실은 방음 설비가 잘 되어 있었지만 지미는 다른 동료들이 놀라지 않게 라디오를 켜고 음량을 최대로 높여 자신의 괴성을 묻었다.

그때 돼지 멱따는 듯한 지미의 괴성에 맞춰 라디오에서 흘러나온 노래가 바로 「역」이었다.

라디오에서 두 번째로 이 노래를 만난 건 몇 년 후의 일이었다.

그 시기 지미는 일과 연애 두 가지 모두 순조로웠다.

앨범 두 장이 연속으로 히트를 치자 안치는 누구나 다 아는 스타로 발돋움해 외모와 실력을 겸비한 여신에 등극했다. 그런 안치와 단둘이 깊은 밤을 보낼 수 있는 사람이 놀랍게도 지미 자신이 될 줄은 몰랐다.

당시 지미와 안치는 비밀 연애를 시작한 지 얼마 되지 않은 시기였다. 어느 밤, 둘은 와인 한 병을 따며 「세상의 끝」 일본어 버전 정식 발매를 축하했다.

물론 지미는 그날 밤 키스를 하던 그때, 라디오에서 잔잔히 흘러나오던 「역」 때문에 자신도 모르게 다른 사람을 떠올렸다는 사실만은 안치에게 절대로 말하지 않았다.

'안치가 알면 안 된다. 알면 죽일 듯이 덤빌 테니.'

지미는 생각했다.

그저 어쩌다 보니 생각난 것뿐이라고.

세 번째로 들은 곳은 병원이었다.

당시 지미는 농구를 하다 무릎을 다쳐 인대 재건 수술을 받았다.

마취 후 몽롱한 상태에서 깨어난 지미는 야구 모자에 마스크와 선글라스로 무장한 안치가 병상을 지키고 있는 모습을 보았다.

"괜찮지? 근데 선생님이 1년 동안 농구는 안 하는 게 좋대."

"괜찮아. 농구하다 보면 손가락도 다치기 일쑤니 악기 연주에도 좋지 않고, 이 기회에 끊어야지."

안치는 곁에 오래 머물 순 없었지만 기타를 가져다줬다.

병상에 누워 움직일 수도 없던 그 시기, 지미는 옆 환자의 가족이 가져온 라디오에서 울려 퍼지는 「역」을 들으며 기타 줄을

튕길 수 있어 그리 따분하지는 않았다.

그로부터 다시 몇 년이 지났다.

어느 날, 지미는 홀로 안치의 아파트에서 샴페인을 준비하고 그녀가 돌아오길 기다렸다.

그날은 금곡장金曲奬*을 시상하는 축제의 날이었다. TV에서 '최우수 중국어 여가수'로 뽑힌 안치의 수상 인터뷰가 나오고 있었다.

"드디어 이 상을 받으신 걸 축하드립니다. 사실 많은 분들이 저처럼 안치 씨가 이 상을 좀 더 일찍 받았어야 한다고 생각했을 거예요."

"감사합니다."

"그럼 안치 씨, 요 몇 년간의 가수 활동 중 본인의 최애 노래가 어떤 곡인지 말씀해 주실 수 있나요?"

"네, 아마도 제 데뷔곡인 「세상의 끝」이겠죠."

"네? 저도 그 노래 엄청나게 좋아하는데요. 하지만 그 작곡가, 이후에는 곡을 안 썼죠? 아주 오랫동안 곡을 못 낸 것 같던데."

안치의 인터뷰가 아직 끝나지 않았음에도 지미는 TV를 껐다.

조용해진 아파트 거실에 라디오에서 흘러나오는 「역」의 선율이 맴돌았다. 그것이 네 번째였다.

* 골든 멜로디 어워드Golden Melody Awards로 대만에서 열리는 최고 권위의 음악 시상식이다.

다시 몇 년이 지나고 라디오에서 이 노래가 다섯 번째로 흘러나온 것은, 지미의 기억이 틀리지 않다면 바로 작년이었다.

그때 지미는 작디작은 월셋집에서 곡을 쓰며 방송을 듣고 있었다.

책상 위에는 재떨이가 놓여 있고, 재떨이 안에는 꽁초가 가득했다.

집 안은 연기로 자욱했다. 바닥에는 구겨진 오선지와 찌그러진 맥주 캔이 이리저리 뒹굴고 있었다.

"문 좀 열어봐요, 집에 있는 거 다 아니까. 이번 달 월세가 벌써 2주나 밀렸어요. 그리고 여기 금연인 거 몰라요?"

방음 헤드폰을 쓰고 있었지만 문밖에서 집주인이 내지르는 소리가 어렴풋이 들려왔다.

집주인이 문을 쾅쾅 두드렸다. 마치 헤드폰에서 들려오는 「역」의 선율과 하나가 된 듯이.

다섯으로 흩어져 있던 기억의 파편이 라디오 방송에서 흘러나오는 음악 소리와 함께 뇌리를 스쳤다.

얼마 후 노래가 끝났다.

그리고 10여 년 전으로 거슬러 올라갔던 지미의 정신은 다시 이곳 머나먼 북쪽 나라의 대합실로 돌아왔다.

지미는 조금도 움직이지 않았다.

스피커에서 송출되는 방송에선 이제 다른 노래가 흘러나왔다.

지미는 여전히 움직이지 않고 있었다.

시간이 얼마나 지났는지 알 수 없었다.

점점 더 추워졌다.

날이 완전히 어두워졌을 때 지미는 조금씩 감각이 사라지는 듯한 기분을 느꼈다.

바로 그때, 덜컥 나무문이 열렸다.

지미가 고개를 들어 시선을 옮겼다. 두꺼운 방한복을 입은, 낮에 열차에서 만났던 할머니가 들어왔다.

"차장한테서 전화가 왔더라고. 돌아가는 막차에 자네가 타지 않았다고 말이야. 어찌 된 거야? 아이고 자네, 완전히 얼어붙었네."

"아, 죄송해요….."

"죄송하긴 뭐가. 여기서 밤을 지새울 수는 없어. 빨리 나 따라 와요."

할머니가 한 손으로 의자에서 지미를 끌어당겼다.

"할머니."

"응?"

"저, 저 정말 음악을 포기할까 봐요."

"…무슨 일이 있었는지는 모르겠지만, 음악은 포기해도 삶을 포기해선 안 되지."

할머니의 성은 다카하시였다. 현재는 손녀 지나쓰와 함께 살고 있었다.

나무로 지은 일본식 주택인 다카하시 할머니의 집은 문 앞에 소나무 두 그루가 있어 매우 기품 있어 보였다.

거실은 꽤 컸고 아주 심플하게 꾸며져 있었다. 정중앙에 커다란 코타츠가 있고 각 방향마다 방석이 놓여 있었다. TV조차 없어서 거실에서 가장 눈에 띄는 장식은 한쪽 벽면을 차지하고 있는 책으로 가득 찬 책장이었다.

씻고 나온 지미는 코타츠에 앉아 삼각김밥과 미소 된장국을 먹은 후에야 기운을 차렸다.

"집에 오랫동안 손님이 온 적이 없긴 한데, 괜찮다면 하룻밤 자고 가게. 지나쓰 부모가 지금은 여기에 안 살아서 다른 건 몰라도 빈방은 아주 많아."

"초대해 주셔서 감사합니다."

다카하시 할머니는 지미에게 더는 묻지 않고 필요한 것을 준 뒤 거실 한쪽에 앉아 전기스탠드를 켜고 책을 읽기 시작했다.

지나쓰는 전혀 어색한 기색 없이 지미 곁에서 이런저런 이야기를 늘어놓았다. 한 끼 식사를 하는 동안 지나쓰가 초등학교 3학년이고, 학교에서 제일 좋아하는 과목은 국어이며, 가장 싫어하는 과목은 수학이라는 사실, 제일 좋아하는 친구 몇 명과 존경하는 선생님, 싫어하는 친구, 짝사랑하는 사람 등에 대해 알게 되었다.

"삼촌, 그러면 집은 어디예요? 여자 친구는 있어요?"

자신에 관한 정보를 알려준 지나쓰는 마치 동등하게 정보를 교환해야 한다는 듯이 지미의 신상을 조사했다.

"지나쓰, 할머니가 어떻게 가르쳤지? 너무 개인적인 걸 묻는 건 옳지 않아."

"힝, 하지만 할머니…."

"괜찮습니다."

지미가 웃으며 말했다.

"내가 사는 집은 대만의 자이라는 지역에 있어. 거기는 눈이 내리지 않아. 그리고 여름에는 진짜 더워."

"여자 친구도 거기에 살아요?"

"아, 지금은 여자 친구가 없어."

"전에도 없었어요?"

"전에는 있었지."

"사진 있어요? 보고 싶어요."

"안 돼, 삼촌이 전에 사귄 친구는 유명인이라 공개되면 안 되거든."

"엥? 설마 삼촌, 비밀 연애 한 거예요?"

"…그런 말은 어디서 배웠니?"

"보고 싶어요, 보여주세요, 네?"

"음."

"지나쓰."

한쪽에서 책을 보던 다카하시 할머니가 저지했다.

지나쓰는 더 이상 보채지 못해 입이 부루퉁해졌다. 무척 실망한 표정이었다.

지미는 그런 지나쓰의 모습을 보다가 문득 무언가 떠올라 배낭에서 아미의 어머니가 준 노란 봉투를 꺼냈다.

"여자 친구는 아니지만, 아주 오래전에 많이 좋아했던 여학생이 있었어. 그 사람 사진 보여줄까?"

"네, 보고 싶어요!"

지미는 노란 봉투에서 그 당시 아미와 찍은 사진을 꺼냈다.

"와, 엄청 예쁜 언니네. 그… 이 언니도 삼촌 좋아했어요?"

"앗, 그건 잘 모르겠네."

"왜 안 물어봤어요?"

"하하, 그러게. 왜 안 물어봤을까?"

다카하시 할머니가 다가와서 사진을 보았다.

"…이 여성, 일본인이지? 음, 그랬군."

다카하시 할머니는 의미심장한 눈빛으로 지미를 보더니 아무 말 없이 웃으며 자리로 돌아가 책을 읽었다.

지나쓰는 호구조사를 계속했다.

"그럼 삼촌은 무슨 일을 하세요?"

"글쎄, 그 질문은 대답하기 힘드네."

"왜요?"

"음, 간단히 말하면 원래는 직업이 있었는데, 지금은 없거든."

"그럼 삼촌은 지금 취업 준비생이에요?"

"…그런 어려운 말도 아는구나."

"그럼 삼촌 원래 직업은 뭔데요?"

"그게, 음악과 관련된 거야. 근데 그만두기로 했어."

"와우!"

지나쓰가 난데없이 흥분했다.

"삼촌 뮤지션이에요?"

말이 채 끝나기도 전에 지나쓰가 벌떡 일어나더니 2층으로 쪼르르 달려 올라갔다.

지미가 무슨 영문인지 몰라 의아해하고 있는데 지나쓰가 통기타와 악보 한 권을 들고 다시 쪼르르 내려오는 모습이 보였다.

"삼촌, 저 기타 칠 줄 알아요!"

"응?"

지나쓰는 방석 위에 양반다리를 하고 앉아 자신에게 조금 커 보이는 기타를 끌어안고 음을 조율했다. 그 모습이 제법 그럴싸했다.

"막 배우기 시작했어요. 삼촌, 들어볼래요?"

"그래."

음을 조율한 뒤 지나쓰는 악보집을 펼쳐 자그마한 손으로 기타 줄을 누르며 연주를 시작했다.

10초 정도 듣자 지미는 확실히 지나쓰가 초보라는 사실을 알 수 있었다. 아직 손놀림이 어색했고 연주하는 곡도 아주 기초적인 수준이었다.

'아, 나도 이랬던 때가 있었지.'

지미는 생각했다.

'그땐 참 행복했는데.'

조금 더 듣던 지미는 문득 선율이 어딘지 낯익다고 느꼈다.

책상 위에 펼쳐놓은 악보에 가까이 다가가서 보니, 지나쓰가 연주하는 곡은 놀랍게도 「세상의 끝」의 일본어 버전이었다.

지나쓰는 기타를 연주하는 동시에 흥얼거리며 노래도 불렀다. 물론 손놀림이 더디고 음을 놓치기도 했지만, 전체적인 노래의 선율은 알아들을 수 있었다.

잠시 후 연주가 끝났다.

지미가 힘껏 손뼉을 쳤다. 명랑하고 밝은 지나쓰가 살짝 부끄러운 내색을 보였다.

"연습을 제대로 못 해서, 너무 창피해요."

"아니야, 지나쓰. 잘했어."

"정말요? 이 곡은 제가 처음으로 배운 거예요. 선생님 말씀이

이 노래는 화음이 복잡하지 않대요. 연주하기도 쉽고 듣기에도 좋아서 초보가 배우기 딱 좋은 곡이라 하셨어요."

"아."

"할머니도 이 노래 엄청나게 좋아하죠?"

"그래."

책을 보던 다카하시 할머니가 고개를 들며 말했다.

"아주 따뜻한 노래야."

"삼촌, 이 노래 칠 줄 알아요?"

"알아."

"정말요? 쳐주세요."

"그래."

지미는 지나쓰에게 기타를 건네받았다.

"헉, 삼촌. 악보 필요 없어요?"

"필요 없어."

지미는 잠시 음을 맞춘 뒤 눈을 감고 연주를 시작했다.

이 곡은 지미가 만든 첫 번째 노래다. 아마 수 년 동안 몇천 번은 더 쳤을 것이다. 악보가 필요 없는 것은 말할 것도 없고, 꿈에서도 정확히 연주할 수 있었다.

지나쓰는 입을 크게 벌리고 놀란 얼굴로 노래를 들었다.

다카하시 할머니도 책을 내려놓았다.

집 밖엔 온통 함박눈이 내리고 있었고, 집 안은 따스하고 고요했다.

온 세상에 아무것도 없이 기타 선율과 지미의 노랫소리만이
울려 퍼지는 듯했다.

잠시 뒤 연주가 끝났다.

지나쓰가 손뼉을 치며 환호성을 지르려다 갑자기 놀라며 말
했다.

"엥, 삼촌. 왜 울어요?"

저녁 8시. 타이베이 동구, 귀싱뮤직 본사.

비서가 노크 후 리귀싱의 사무실로 들어왔다.

사무실 안에선 리귀싱과 안치, 샤오후이 세 사람이 회의 중이
었다. 분위기가 조금 무거웠다.

"저기, 선생님. 안치 언니. 회의 중이신데 방해해서 죄송한데요."

비서가 리귀싱의 귀에 대고 뭔가를 전했다.

이야기를 들은 리귀싱이 미간을 찌푸리며 말했다.

"그 못난 자식이?"

"네, 죄송합니다."

비서가 말했다.

"너무 완강해서."

"알았어."

리귀싱이 손을 휘저었다.

"전화 돌려줘, 스피커폰으로."

비서가 서둘러 탁자 위 전화기의 스피커폰 버튼을 눌렀다.

"무슨 일이야? 나 바빠."

리궈싱이 말했다.

"아, 선생님."

전화기에서 들려오는 목소리를 들은 안치는 깜짝 놀랐다.

"선생님, 저 지미예요."

"알아. 말해."

"선생님."

전화기 저편에서 지미가 말했다.

"죄송해요."

침묵이 흘렀다.

"죄송해요."

지미가 다시 한번 말했다.

샤오후이가 안치 쪽으로 몸을 기울이며 속삭였다.

"저기, 가죽 재킷남 우는 것 같은데요."

안치는 아무 말이 없었다.

"할 말이 그거야?"

리궈싱은 여전히 표정에 변화가 없었다.

"선생님, 저… 저 계속 노래 만들고 싶어요."

사무실이 다시 적막에 휩싸였다.

지미가 흐느끼는 소리가 스피커폰을 통해 전해졌다.

잠시 후 리궈싱이 마침내 침묵을 깼다.

"전에 말한 영화 〈열여덟의 나로〉 주제곡, 안치한테 주기로 했어. 안치가 내건 유일한 조건이 뭔지 알아?"

"네? 모르겠는데요."

"주제곡 최종 심사할 때 자네한테 참가 기회를 주라는 거야."

리궈싱이 말했다.

"못난 놈. 휴가 다 쓰고, 빨리 와서 출근해."

Day 4

밤새 눈이 내렸다.

아침 일찍 지미는 다카하시 할머니를 도와 집 앞에 높이 쌓인 눈을 치운 뒤 배낭을 메고 다시 여정을 떠날 준비를 마쳤다.

다카하시 할머니와 지나쓰가 니시타키사와역까지 지미를 배웅해 주었다. 해가 뜨자 햇빛이 반사되어 눈이 시릴 정도였다.

열차가 저 멀리 순백의 지평선 위에 나타나더니 기적을 울리며 서서히 역에 접근했다.

"표정이 달라졌네."

다카하시 할머니가 미소를 지으며 배낭을 멘 지미를 바라보았다.

"조심해서 가게."

지나쓰가 두 팔을 벌렸다.

"삼촌, 자."

"응?"

"영화에서 보니까 외국 사람들은 헤어질 때 이렇게 서로 안 아주던데?"

"하하, 그건 서양인들이고. 우리 대만 사람들은 그렇게 안 해."

"그렇구나."

열차가 역에 섰다.

지미가 지나쓰를 와락 안았다.

"지나쓰, 또 보자. 기타 열심히 배워."

"알겠습니다, 선생님!"

지나쓰를 내려놓고 지미는 다카하시 할머니를 안았다. 할머니는 아무 반응도 없이 눈만 멀뚱멀뚱하며 실없는 웃음을 지었다.

"할머니, 감사합니다. 기회가 되면 꼭 다시 올게요."

"언제든 환영이네."

열차에 탄 지미는 다카하시 할머니와 지나쓰의 모습이 점점 하얀 대지 위로 사라져 보이지 않을 때까지 눈을 떼지 못했다.

열차를 잘못 탄 덕에 우연히 오게 된 이곳을, 평생 잊지 못하겠지?

아미 말이 맞았다. 여행은 예상치 못한 놀라운 일이 일어나서 멋진 거라는.

열차가 시끄러운 소리를 내며 하얀 눈으로 뒤덮인 대지 위를 천천히 나아갔다.

얼마 되지 않아 작은 간이역에 멈췄다.

고등학교 교복을 입은 여학생이 열차에 올랐다.

지미는 깜짝 놀랐다. 어제 열차 안에서 봤던 레이코였다.

'정말 코딱지만 한 동네네.'

지미는 생각했다.

아마 매일 이 열차를 타고 등하교하는 거겠지?

레이코도 지미를 알아본 건지 인상을 찌푸리고는 아무 말 없이 열차 맨 뒷좌석으로 가서 앉았다.

열차 한 량 정도의 거리가 떨어져 있었지만, 지미는 등 뒤에서 느껴지는 원망을 읽을 수 있었다.

아이고, 아직도 화가 났나?

문득 아이디어 하나가 떠올랐다. 지미는 배낭에서 아미가 준 청춘 18 포스터를 꺼낸 뒤 눈을 딱 감고 레이코가 앉아 있는 쪽으로 갔다.

"왜요?"

레이코가 지미를 노려봤다.

"저, 어제는 미안했어. 그런 의미에서 이거 받아."

"네?"

레이코는 잠시 망설이더니 호기심을 누르지 못했는지 손을 뻗어 포스터를 받았다.

"어? 와, 이거 청춘 18 포스터잖아요. 게다가 헤이세이 7년*? 엄청 귀한 거네요. 진짜 저한테 주시는 거예요?"

지미가 고개를 주억거렸다.

레이코는 너무 흥분한 나머지 화가 났었다는 사실을 잊은 듯 보였다.

"근데, 아저씨가 이걸 어떻게 가지고 계세요?"

"첫사랑이 나한테 준 거야."

"엥? 진짜요? 그런 소중한 물건을 제가 어떻게 받아요."

"걱정하지 마. 네가 받길 원할 거야. 넌 내 첫사랑과 같은 꿈을 가진 사람이니까."

"정말요? 그럼 그분은 세계 일주를 하겠다는 꿈을 벌써 이룬 거예요?"

"응."

"멋지네요. 지금 어디에 있어요?"

"일본으로 돌아와서 도쿄에 있대. 만나러 가는 중이야. 별다른 일이 없으면 청춘 18 여행의 마지막 날인 바로 내일, 첫사랑을 만날 수 있을 것 같아."

---

* 일왕 아키히토 재위 기간에 사용된 연호로 헤이세이 7년은 1995년을 뜻한다.

"와, 진짜 낭만적이에요."

열차가 우고혼조역에 도착하자 지미는 레이코에게 작별 인사를 했다.

다시 JR 계통 열차로 돌아오니 청춘 18 티켓을 사용할 수 있었다. 역무원이 지미의 티켓에 네 번째 도장을 찍어줬다.

이제 목적지인 도쿄를 향해 남쪽으로 가야 한다.

지미는 우에쓰 본선을 타고 청춘 18 티켓의 네 번째 여정을 시작했다.

창밖 풍경은 온통 하얗기만 했던 동북 노선에서 조금씩 파란 해안선으로 바뀌었다.

열차가 천천히 움직였다.

이쯤 되니 처음 여정에 올랐을 때의 설렘은 이미 사라진 지 오래였다. 지미는 자신이 아주 오래 여행한 듯한 착각에 빠지기도 했다.

마음이 바뀌자 열차 안에서의 시간이 점점 더디게 흐르는 것 같았다.

지미는 창밖의 새파란 바다를 바라보며 잠시 멍하니 시간을 보내다가 무언가 생각난 듯 배낭에서 아미의 어머니가 주신 노란 봉투를 꺼냈다.

세어보니 봉투 안에는 총 여덟 개의 편지가 들어 있었다. 편지봉투는 모두 달랐다.

아미의 어머니는 세심하게도 편지에 번호를 붙여놓았다.

지미는 첫 번째 편지에서 시작해 아미의 글을 자세히 읽어나갔다.

아미의 첫 번째 편지

사랑하는 지미짱,

나는 지금 시베리아 철도를 달리고 있는 열차 안이야. 천천히 서쪽으로 가고 있어. 차창 밖의 풍경은 온종일 어떤 변화도 없고 열차 안의 승객도 마찬가지야.

모두 다양한 일을 하면서 시간을 보내고 있어. 어떤 사람은 책을 보고, 어떤 사람은 장기를 두고, 어떤 사람은 수다를 떨고, 어떤 사람은 하루 내내 잠만 자. 그리고 나는 지금 편지를 쓰고 있어.

사실 며칠 전에야 지미에게 엽서 하나를 보냈어. 하지만 진짜 하고 싶은 말은 한 글자도 쓰지 못했지. 그래서 또 펜을 잡게 되었어.

이 큰 열차 안에 대화할 사람이 하나도 없어서 편지로 말하기로 했어. 그리고 이 생각을 했을 때 가장 먼저 떠오른 사람이 바로 지미야. 너무 큰 영광이지? 하하.

아직 한 달도 채 지나지 않았는데 자이에서 보낸 그 나날들이 마치 나와는 요원한 일인 것처럼 느껴져.

아마도 현실의 거리감이 시간의 거리감까지 늘려놓은 게 아닐까 해.

비행기를 타고 대만에서 러시아로 가면 아마 하루 정도밖에 걸리지 않을 거야. 하지만 나처럼 페리랑 열차, 버스로 조금씩 이동하면 이 세계가 얼마나 넓은지 제대로 느낄 수 있어. 이 세상에 살고 있는 사람들이 서로 얼마나 다른지도 알 수 있고.

열여덟이던 그해 처음 청춘 18 여행을 한 뒤로 이제 이런 여행 방식을 포기할 수 없게 됐어.

그러고 보니 지금쯤 지미는 대학에 들어가서 새로운 인생을 시작했겠네?

지난 이틀 동안 우리가 함께 보낸 시간과 참가했던 노래 대회, 밤새 나눴던 이야기를 계속 생각했어.

그리고 내가 했던 '각자의 인생에서 1등이 되자'란 말이 무슨 의미였을까도 생각해 봤어. 당시에 난 이 말을 내뱉으면서 스스로 대단하다고 여겼는데, 사실 나조차도 내가 확실히 원하는 게 뭔지 모르는 상태였어.

지미에게 '각자의 인생에서 1등이 되자'는 말은 대학을 우수한 성적으로 졸업하고 일류 기업에 취직하는 걸 의미해, 아니면 지미짱도 잘 모르겠어?

아무튼 나도 먼 곳에서 지미를 위해 기도할게.

나는 이 세상에 대해 궁금한 게 많아. 그리고 아직도 배가 고파. 「세상의 끝」의 노래 가사처럼.

세상은 넓고 우리는 미약하지

열차의 종착지에 꿈이 있네

난 이제야 티켓을 끊었지

그래, 나는 세상의 끝으로 갈 거야. 물론 거기가 어딘지는 잘 모르지만. 그래도 아직 그곳에서 멀리 있다는 사실만은 알아.

그래서 나는 지금 이 순간을 최대한 느낄 수밖에 없어. 매번 들이마시는 공기를 느낄 수 있지. 물론 내가 화장실 옆에 위치한 싸구려 좌석을 구매하는 바람에 숨 쉴 때마다 풍겨오는 냄새까지 느껴지긴 하지만…

응? 쓰다 보니 화장실 얘기까지 썼네?

원래 처음에는 지미를 놀라게 할 이야기를 쓰려고 했는데, 여기까지 쓰고 나니 생각이 바뀌었어. 이 여행의 종착지에 도착하면 그때 지미한테 이야기해 줄게.

> 마지막으로 이 편지는 당분간 부치지 않으려고.
>
> 여기에 글로 쓰진 않았지만 지미가 똑똑하다면 대충 짐작했
>
> 을 수도 있어. 항상 지미는 이런 쪽으로는 영 머리가 안 돌아가
>
> 는 것 같다고 느껴.
>
> 이렇게 쓰니 벌게진 얼굴로 '무슨 소리, 이래 봬도 이 몸은 천
>
> 재인데' 하고 반박하는 지미의 모습이 그려지네.
>
> 아미 씀

우에쓰 본선 열차가 운행 중인 이 구간은 거의 해안을 끼고
달렸다.

남쪽으로 갈수록 날씨가 점점 좋아지면서 수면 위에 햇빛이
흩뿌려져 반짝반짝한 윤슬을 만들었다.

지미는 사카타역에서 내렸다.

환승 시간까지는 조금 여유가 있어 얼른 역 밖으로 나갔다.
여기까지 왔는데 술을 안 마실 순 없다는 생각에* 편의점에서
맥주 한 병을 샀다.

---

* 사카타酒田의 한자 표기에 '술 주酒' 자가 들어가는 것을 이용한 언어유희다.

얼마 지나지 않아 남쪽으로 향하는 다음 열차가 역에 들어왔다.

아미의 두 번째 편지

사랑하는 지미짱,

저번에 편지를 쓴 뒤로 또 한 달이 지났네.

나는 지금 상트페테르부르크에 있어. 러시아에서도 핀란드와

국경을 마주하고 있는 도시야. 이곳에 있는 유스호스텔에서

일하는 대신 무료로 잠자리를 얻었어. 어떤 일이냐고? 매일

청소와 매트리스 시트 교체, 세탁 같은 잡무를 도와주고 숙소

를 제공받는 거야.

유스호스텔은 정말이지 배낭여행자들의 천국이야. 나는 여기

에서 많은 사람을 만났어. 대부분 유럽과 미국에서 온 여행자

들이고 영어가 공통어야. 운 좋게도 내가 세계여행을 위해 어

릴 적부터 열심히 공부했던 과목이 바로 영어였어. 이제야 그

노력이 빛을 발하고 있네.

배낭여행자들과 이야기하면서 일본에서는 나 같은 사람을 괴

짜라고 여기지만, 유럽과 미국에서는 나처럼 졸업 후 사회에

나가기 전에 먼저 세상을 탐험하는 사람이 많다는 걸 알게 되

었어.

아마 앞으로는 이런 생각을 하는 사람들이 일본과 대만에도 점점 많아지겠지.

아무튼 나는 여기에서 많은 친구를 사귀었어. 지금은 유스호스텔에 묵으면서 매일 시끌벅적한 날들을 보내고 있고. 그래서 전에 혼자 여행하던 때의 고독감을 잊은 듯해.

며칠 전에는 카운터에서 당직을 서고 있는데 한 커플이 체크인했어. 질문 한마디로 그들이 대만 사람이라는 사실을 알게 되었지. 나와 그 커플, 그리고 그전에 체크인한 일본인 미치코 언니 네 사람이 같이 '대만·일본 여행단'이 되어서 상트페테르부르크의 곳곳을 관광했다니까.

대만 커플 중 남자분의 이름은 발음이 너무 어려워. 나는 쓰지도 못하겠어. 그분은 엄청 수줍음을 많이 타는 편이라 말도 많이 안 해(지미랑은 완전히 다르지). 여자분은 아주 귀여운 영어 이름을 가지고 있는데 이름이 애플Apple이래. 입담이 아주 좋아. 내가 대만에 있었다는 걸 알고는 엄청나게 기뻐하더라고. 우리는 정말 많은 이야기를 나눴어. 당연히 지미 이야기도 했어.

조금 전에 애플 일행이 체크아웃을 마쳤고 대만으로 돌아갈 준비를 하고 있어. 가기 전에 애플이 나한테 말하더라. 지미짱처럼 너의 대만 친구가 될 수 있어서 무척 기쁘다고.

나도 너무 기뻐. 날 친구로 생각해 주는 애플이 고맙고, 결국 여행하면서 만나는 아름다운 풍경 중 하나는 우연히 만나는 사람인 것 같아.

하지만 내 마음속에선 또 다른 목소리가 외치고 있어.

'다르다고!'

맞아, 지미짱은 달라. 애플이나 미치코 언니, 아니면 여행 중에 알게 된 다른 친구들, 아니 일본에서 같이 자란 친구들과도 다르지.

이 이야기를 해주려고 방금 펜을 들고 편지를 쓴 거야.

뭐가 다르냐고? 말로 설명하기는 힘들어.

물론 지미짱도 친구긴 하지. 그래도 그저 친구만은 아닌 것 같기도 하고?

지미짱 생각은?

어떻게 대답할지 진짜 궁금하다. 그렇지만 아쉽게도 이 편지를 지금은 보낼 수가 없어.

언젠가 내가 지미에게 직접 물어볼게.

아미 씀

지미는 니쓰역에서 내렸다.

이곳은 사실상 니쓰시였다. 일본에 와보지 않은 사람이라도 니쓰에서 맛있는 쌀이 난다는 사실은 알 것이다. 그런 곳에 왔으니 응당 니쓰의 밥맛을 봐야 했다.

오래된 거리에서 지미는 중국 식당을 골라 후이궈러우回鍋肉* 세트를 시켰다.

식당 안은 간사이 지역 억양을 구사하는 한 아저씨의 우렁찬 목소리로 울렸다. 처음에 지미는 별로 신경 쓰지 않았지만 이내 목소리가 너무 거슬려 자세히 귀를 기울이니 혼잣말로 정부의 무능을 욕하고 있었다.

한바탕 정부에 욕을 퍼부은 아저씨는 이번엔 자기 자식에게 화살을 돌렸다. 아들과 딸이 불효자라고 불평을 늘어놓을 때쯤 지미의 음식이 나왔다.

직원에게 감사 인사를 할 때 지미는 배낭을 뚫어져라 쳐다보는 아저씨의 시선을 느끼고 불길한 기분에 사로잡혔다.

"거기 청년, 여행 중인가? 어디서 왔지?"

또 걸렸네. 이번 여행은 이 큰 배낭 때문에 많은 일이 생기는군.

"어… 그게, 죄송해요. 제가 일본어를 못해서요."

---

* 쓰촨 지역을 대표하는 요리로 돼지고기를 삶은 후 고추, 마늘종 등과 함께 볶아 만든다.

"외국인인가. 엥? 잠깐, 일본어를 못한다고? 방금 그 말은 엄청나게 잘하던데?"

"그게, 딱 그 한마디만 할 줄 알아요."

"봐, 지금 그 말도 엄청 잘하는구만."

…저 아저씨 꽤 예리하네.

아미가 말한 것처럼 여행의 아름다운 풍경 중 하나는 사람이다. 하지만 괜히 긁어 부스럼을 만들고 싶지 않은 사람도 있다.

결국 지미는 맛도 제대로 느끼지 못한 채 음식을 다 먹어치우고는 역으로 돌아와 다음 열차에 올랐다.

아미의 편지는 아직 열어보지 않은 게 더 많았다. 지미는 그것들을 급하게 읽고 싶지 않았다. 세 번째 편지를 꺼낸 지미는 창밖으로 멀어지는 해안선을 멍하니 바라보았다.

조금 시간이 흐른 뒤 봉투를 열었다.

아미의 세 번째 편지

사랑하는 지미짱,

나는 지금 세계에서 가장 멀고 적막한 곳에 있어.

이곳은 러시아 북쪽, 북극권과 가까운 섬이야.

내가 저번 편지에서 말한 미치코 언니 기억해? 언니는 일본의 한 대학에서 일하는데, 주로 기후에 대해 연구하고 있어. 이번에 언니가 러시아에 온 이유는 일본 학자들로 구성된 탐험 팀의 일원으로 시베리아 북쪽 섬에서 연구하기 위해서래.

지미는 잘 모르겠지만 사실 나는 일본 요리를 꽤 잘해. 미치코 언니가 내가 만든 음식을 먹어보더니 탐험 팀에서 요리를 담당해 달라고 부탁했어.

이런 기회는 너무 소중하잖아. 그래서 바로 승낙했지.

탐험 팀은 모두 열댓 명 정도야. 예닐곱 대의 폼 나는 지프차에 야영 장비와 연구 기기 등을 가득 실었고, 거기에 러시아 정부에서 파견한 군인 두 명이 동승해 우리의 안전을 책임지고 있어(아마 우리를 감시하려는 걸 수도).

우리는 며칠을 차로 이동한 뒤에 또 배를 타고 바다를 건너서야 이 무인도에 올 수 있었어.

미치코 언니는 매일 연구하느라 바빠. 난 다른 사람들과는 어색해서 밥 먹을 때 잠시 대화하는 것 외에 대부분의 시간은 책을 읽고 섬의 이곳저곳을 돌아다니며 멍하니 보내고 있어.

북극권이긴 하지만 여름이라서 온도는 적당한 편이야. 나한레 이곳은 내가 가본 데 중 가장 외지고 황량한 곳이야. 지리적 위치나 풍경으로 치자면 이곳이 진짜 세상의 끝이라고 할 수 있겠지. 하지만 내 마음이 이곳은 나의 종착지가 아니라고 말하고 있어. 내가 본 세계는 아직 일부분일 뿐이니까.

가져온 책이 많지 않아서 다 읽어버렸네. 섬에 있는 시간이 점점 더 길게 느껴져.

처음 이곳에 왔을 때는 낮은 너무 길고 밤은 너무 짧았어. 근데 지금 여기에서 몇 주 머무는 동안 낮이 점점 짧아지고 밤이 점점 길어지는 게 확연히 느껴져. 미치코 언니가 낮과 밤의 길이가 같아지면 철수해야 한다고 했어. 왜냐하면 그 후에는 금방 엄청나게 추워진대.

오늘은 억센 풀이 가득한 해안가에서 홀로 오후 시간을 보냈어.

벌써 좀 추워져서 가져온 옷을 모두 껴입어야지만 겨우 바깥에 나갈 수 있어.

강렬한 적막감이 몰려오니 문득 지금 이 순간 내 옆에 누군가가 있어서 이 춥고 고요한 곳에서 함께 바다를 보면 좋겠다는 생각이 들어.

그 사람은 누굴까?

지미는 당연히 알 거야. 지금 나는 그 사람에게 편지를 쓰고 있
거든.

비록 이 편지를 바로 부치진 않겠지만.

아미 씀

나가오카에 도착해 다른 열차로 갈아타자 사람이 약간 줄었다.

일본에서 열차를 타고 여행하는 데 익숙해진 지미는 이제 굳
이 노선을 찾아볼 필요조차 없어졌다.

지미는 열차에 타고 내리는 학생들의 옷이 점점 짧아지는 것
을 보며 자신이 남쪽으로 가고 있다는 사실을 실감했다.

아미의 네 번째 편지

사랑하는 지미짱,

계산해 보니 대만에서 출발한 뒤 오늘까지 벌써 반년이란 시
간이 지났네.

나는 북극권 시베리아 섬에서 상트페테르부르크로 돌아와서 미치코 언니와 작별하고 다시 홀로 여정을 떠났어.

러시아를 떠난 다음 목적지는 북유럽이야.

북유럽은 어디든 다 좋아. 유일한 단점은 물가가 너무 비싸다는 거야. 일본보다 더 비싸.

그런 데다 겨울로 들어서면서 점점 더 추워지고 있어. 아무튼 나는 북유럽에서 그리 오래 머물지 않고 계속 남쪽으로 이동해서 에스토니아라는 나라에 도착했어.

여행 시작 전에는 사실 이 나라에 대해 전혀 몰랐어. 하지만 여기 온 첫날부터 나는 이곳을 사랑하게 됐어.

물가가 싼 것도 있지만 가장 큰 이유는 이곳의 사람들이야.

에스토니아 건축물에는 어느 정도 러시아의 색깔이 섞여 있어. 그런데 이곳 사람들은 러시아인들과는 달라. 러시아 사람들은 마음은 따뜻하지만 겉보기에는 냉랭해서 얼핏 보면 굉장히 차갑게 느껴져. 반면에 에스토니아 사람들은 엄청 따뜻하고 적극적이고 친절해. 어떤 부분에서는 대만 사람들을 떠올리게 해.

또 내 일본 고향도.

전에 많은 배낭여행자들이 여행 시작 후 짧게는 3개월, 길게

는 반년 정도 지나면 대부분 예외 없이 집을 그리워한다고 말

했거든.

나도 지금 그런 상태인 것 같아.

지금 나는 에스토니아의 수도 탈린의 구시가지에 있어. 여긴

참 아름다워. 길거리를 걷고 있으면 마치 시간을 거슬러 중세

유럽에 와 있는 기분이야.

이런 환상에 가까운 풍경을 마주했는데 예상보다 설렘이 덜

한 건 어째서일까?

설마 너무 오래 여행하다 보니 권태기가 찾아온 걸까?

참 이상한 마음이야. 이 세상에는 탐험할 만한 곳들이 아직 많

이 남았다는 걸 명확히 알고 있고, 또 아직 에너지도 충분한데,

왜 갑자기 처음으로 돌아가고 싶은 걸까?

구시가지 커피숍에 앉아 편지를 쓰니 난데없이 울고 싶네.

일본이 그립고, 엄마가 그립다.

또 대만도, 지미짱도 그리워. 대만은 내 조국이 아니고, 지미짱

은 우리 가족이 아니지만….

아미 씀

지미는 나오에쓰역에서 열차를 한 번 갈아타고 이토이가와에 도착했다.

우에쓰 본선의 모든 열차를 시발역에서 탑승해 종착역에서 내렸지만, 이 열차만은 예외였다. 지미는 이토이가와에서 내려 다른 노선으로 환승할 준비를 했다.

그건 바로 말로만 듣던, 경치가 장관이라는 오이토선이었다.

해안선을 따라 달리는 우에쓰 본선과는 달리 오이토선 열차는 동쪽으로 크게 돌면서 산을 향해 달렸다.

고도가 높아져서인지 히다산맥의 멋진 산세가 저 멀리서 모습을 드러냈다. 아키타를 떠난 후 계속 보지 못했던 설원의 대지가 다시 창밖에 펼쳐졌다.

아미의 다섯 번째 편지

사랑하는 지미짱,

오랜만이야. 다 잘 지내지?

나도 잘 지내. 정말 이렇게 잘 지내는 건 참 오랜만이야.

에스토니아를 떠난 뒤 난 계속 남쪽으로 이동했어. 폴란드, 독일, 벨기에, 프랑스 등등 어릴 때부터 귀가 닳도록 들었던 유럽

국가들을 거쳤지.

지금 있는 이 나라는 여행에서 내가 가장 기대하던 곳이었어.

하지만 저번 편지에서 여행을 오래 하다 보니 권태기에 빠진 것 같다고 했었잖아. 건축물이나 경관이 아무리 멋있어도 처음 여행을 시작했을 때의 그 감동이 느껴지진 않더라고.

지금 난 런던에 있어.

비자 때문에 영국에서 조금 길게 머무르게 됐어.

줄곧 근검절약하며 여행했지만 대만에서 아르바이트로 번 돈과 도난당한 여행자 수표에 관해 조목조목 따져서 받아낸 돈을 거의 다 썼거든.

운 좋게도 오키나와에서 온 일본인 노부부를 만났어. 이분들은 런던에서 일본 식당을 열었고, 마침 직원을 찾고 있었어. 취업 비자가 없는 날 고용한 데다 2층에 있는 작은 방도 내어주셨어.

난 잠시 이곳에 머무르려 해. 쉬면서 앞으로 쓸 경비도 모으려고. 대만에서처럼 말이야.

말이 나온 김에 얘기하면, 이곳 시급은 대만보다 훨씬 높아, 하하.

여기서 일한 지 벌써 두 달이 지났어.

방금 전 바쁜 하루 업무를 마치고 나니 문득 지미에게 편지를 쓰고 싶더라.

사실 나는 거의 포기하기 일보 직전이었어. 얼마 전 영국에 막 도착했을 때는 충동적으로 비행기표를 사서 일본으로 돌아갈까 하는 마음마저 들었다니까.

또 하마터면 전에 쓴 편지를 모두 지미에게 보낼 뻔했어.

하지만 잠시 여행을 멈추고 당분간 일을 하다 보면 차차 기운을 되찾고 앞으로의 여정을 기대할 수 있을 것 같아.

돈을 다 모으면 다시 출발할 거야. 나는 아직 세상의 끝에 도달하지 못했으니까.

지미한테는 미안하지만 좀 더 기다려야 내 편지를 받을 수 있겠네.

아미 씀

미나미오타리라는 종착역에 도착하니 날은 이미 어두워져 있었다.

지미는 열차에서 내려 기차역 밖을 한 바퀴 돈 뒤 오늘은 이 아기자기한 산중 마을에서 묵기로 했다.

근처의 숙소를 수소문한 지미는 가격에 말문이 막혔다.

너무 비싸잖아, 선택지도 많지 않고.

크나큰 패착이었다. 조금 전 열차 안에 스키 장비를 든 사람이 가득했던 게 떠올랐고, 이곳이 스키와 레저 활동을 하는 휴양지라는 사실을 깨달았다.

지미는 기차역으로 돌아왔다. 그러나 불행히도 막차는 이미 떠난 후였다.

그렇게 그날 밤 지미는 어쩔 수 없이 얼마 남지 않은 엔화를 털어 벽난로가 있고 한쪽 벽이 통창으로 이루어진 초호화 홈스테이에 묵었다.

TRAVEL PASS

다음 날, 초호화 홈스테이에서 늦잠을 잔 지미는 하룻밤 더 묵고 싶은 마음이 굴뚝같았지만 아침 일찍 역으로 가 열차에 올랐다.

역무원이 지미의 청춘 18 티켓에 다섯 번째 도장을 찍었다.

오늘은 여행의 마지막 날이었다.

닷새 전 도쿄에서 시작한 청춘 18 여행이 처음과 마찬가지로 오늘 도쿄에서 끝이 난다.

이른 시간부터 가는 눈발이 흩날리는 가운데 열차는 미나미오타리역을 천천히 벗어났다.

사랑하는 지미짱,

잘 지내? 나도 잘 지내. 난 다시 길을 떠났어.

영국에서 무려 5개월이란 시간을 편안히 보내며 여행 경비와

에너지 그리고 새로운 여정에 대한 기대감을 가득 채웠어.

프랑스와 그리스, 이탈리아를 거쳐 지금은 스페인 최남단에

위치한 항구에 와 있어. 내가 가고 싶어 했던 신비의 대륙 아프

리카에 가기 위한 배를 기다리고 있지.

배를 기다리면서 지미에게 편지를 쓰는 거야. 전에는 주로 혼

자 있을 때 편지를 썼는데, 이 편지는 조금 달라. 편지를 쓰는

지금 내 곁에는 세 사람이 있어. 모두 여행 중에 만난 친구들이

야. 그중 두 명은 여행하며 만나 교제를 시작한 일본인 커플 신

지와 후지코고 다른 한 명은 프랑스인 피예야.

사실 이 편지를 쓰기 시작한 이유는 피예 때문이야. 프랑스에

서 피예를 알게 된 후로 그리스, 이탈리아까지 나와 신지, 후지

코를 따라왔어. 그리고 지금 있는 스페인까지.

이렇게 말하면 좀 감이 와? 피예는 날 처음 본 순간부터 엄청

적극적으로 따라다녀. 물론 이 예쁜 미모를 좋다고 한 사람이

한두 명은 아니었지만, 얘만큼 심한 사람은 없었어.

프랑스 남자는 정말 엄청난 직진남이야, 알고 있어? 피예가 생전 처음 본 나를 사랑하게 됐다고 해서 기절초풍할 뻔했잖아. 남자 친구가 있다고 했는데도 죽어도 포기하지 않더라고. 후지코는 잘생긴 피예를 왜 안 받아주냐고 계속 뭐라 하고 있어. 하지만 아쉽게도 난 갑작스러운 고백보다는 천천히 감정을 키워가는 걸 더 좋아하는 것 같아. 이런 프랑스식 로맨스를 추구하는 사람과는 반대로 조금 조심스럽고 더딘, 자기 마음을 잘 표현하지 못하는 그런 남자에게 더 끌리는 듯해.

자, 그게 누굴까? 하하.

아무튼 피예 얘는 지금 우리랑 아프리카까지 갈 수 없다며 항구에서 울고 있어. 진짜 어떻게 해야 할지 모르겠어서 그냥 지금 남자 친구한테 편지 쓰는 중이니까 방해하지 말라고 했어.

정말 미안해, 지미를 방패막이로 삼았네.

여기까지 쓰니 드디어 배가 항구로 들어왔어. 잘됐네, 마침내 피예한테서 해방이다.

지미에게 다음 편지를 쓸 때, 난 아프리카에 있을 거야.

아미 씀

오이토선 열차가 산을 벗어나자, 눈은 보이지 않았다.

저만치에 있던 히다산맥도 조금씩 시야에서 사라졌다.

지미는 종착역인 마쓰모토에 도착했다.

이곳이 오이토선의 끝이었다.

지미는 주오 본선 열차로 갈아타고 계속 동쪽으로 이동했다.

아미의 일곱 번째 편지

사랑하는 지미짱,

정말 오랫동안 편지를 못 썼네. 다 잘 지내지?

나는 잘 있어. 얼마 전 병에 걸렸던 것만 빼고. 정확하게 말하자면 말라리아에 걸렸어.

너무 쉽게 생각했어. 신지와 후지코가 계속 백신을 맞아야 한다고 했는데 설마 그렇게 재수가 없을까 생각했거든.

병에 걸렸을 때 후지코가 돌봐줘서 다행이야. 아니었으면 정말 어떻게 됐을지 모르겠다니까.

아프리카 여행에서 그 커플과 같이 있었던 게 큰 축복이었다고 생각해.

모로코 항구에서 내린 뒤로 이 신비의 대륙은 나에게 커다란 놀라움을 안겨줬어. 유럽 대륙과는 아주 짧은 지브롤터 해협을 사이에 두고 있을 뿐이지만, 완전히 다른 행성에 온 것 같아. 우리는 많은 곳을 돌아다녔고, 또 많은 곳을 가지 않았어. 이 대륙의 많은 곳이 여전히 여행객이 가기에는 적합하지 않아서 말이야.

바오바브나무가 빽빽한, 마치 숨을 쉬는 듯한 광활한 대지, 가난한 마을에 모여 사는 100명이 넘는 굶주린 아이들, 널따란 초원을 질주하는 수백만 마리의 소 떼. 모두 내 인생에서 잊지 못할 장면들이야.

자연의 화장실과 때로는 무서웠던 음식들 역시 잊지 못하겠지만….

아무튼 아프리카 여행은 무척 알차고 놀랍지만, 가끔은 힘들기도 해.

신지와 후지코는 얼마 전 일본으로 돌아갔어. 그리고 지금 난 짐바브웨라는 나라에 있어.

이 작은 마을에는 전 세계에서 온 봉사자로 구성된 단체가 있어. 단체 구성원 중에는 일본 사람도 있고 대만 사람도 있어.

이곳에서 이 자원봉사 단체는 마을에 학교와 병원 등 인프라를 구축하는 일을 해. 물론 정식으로 가입한 건 아니지만 나도 잠시 이곳에 머물면서 아이들에게 영어를 가르치고 있어.

오늘 저녁은 매월 열리는 자원봉사자 바베큐 행사가 있는 날이라 나도 참석했어. 모두 먹고 마시며 아주 신나게 놀았어. 게다가 왠지는 모르겠지만 여기에 노래를 부를 수 있는 기계가 있더라고.

노래방 기계라니. 대만을 떠난 뒤로는 노래를 불러본 적이 없었어. 그런데 이 아프리카의 작고 외진 마을에서 다시 마이크를 잡을 줄이야.

물론 선곡할 수 있는 노래가 많지 않고 거의 다 영어 노래였지만 전혀 문제가 되지 않았어. 자원봉사 팀의 직원을 비롯해 많은 사람이 기타를 칠 줄 알았거든. 선곡할 수 없는 노래는 반주를 해줄 사람이 있으니 마이크만 있으면 아무 문제 없었지.

나는 여러 곡을 불렀어. 「역」도 불렀지. 일본에서 온 직원분이 감사하게도 반주를 해줬어.

노래를 부르다 나도 모르게 지미짱이 옆에서 반주해 주면 얼마나 좋을까 이런 생각을 했어.

대만 노래방에서 아르바이트하던 게 벌써 1년 전의 일이야. 긴 여행을 하다 보니 그 기억이 조금씩 희미해지고 있어. 다행히 당시 지미짱과 찍은 사진이 있어서 늘 가지고 다녀. 그게 아니

> 었으면 지미의 얼굴마저 까먹었을지 몰라.
>
> 지미짱, 아직 나 기억해?
>
> 아미 쏨

지미는 고후라는 곳에서 내렸다.

점심을 먹은 뒤 역 근처 꽃 가게를 찾았다.

이어서 다시 열차를 타면 도쿄 근교 마을인 시오츠에 도착한다.

그곳에 아미가 산다.

지도를 보니 시오츠는 아주 작은 마을인 듯했다. 지미는 그 주변에 꽃집이 있을지 확신할 수 없어 고후에서 미리 꽃을 사기로 했다.

은은한 향기를 내뿜는 수선화 한 다발을 들고 다시 주오 본선 하치오지 방향 열차에 올랐다.

열차에서 지미는 아미의 마지막 편지를 펼쳤다.

사랑하는 지미짱,

이렇게 여행 도중에 지미에게 편지를 쓰는 건 이번이 아마도 마지막이겠지?

왜냐하면 여행이 곧 끝날 것 같다는 예감이 들거든.

한 달여 전쯤, 나는 아프리카 최남단에 도착했어. 그곳에서 여행객들이 '세상의 끝'이라고 부르는 지역에 갔지. 바로 남아프리카공화국의 수도 케이프타운 근처에 있는 희망봉에 말이야. 그곳에 도착하면 내가 원하는 답을 찾을 수 있을 것 같았거든.

근데 아니더라.

등대 옆 전망대에 올랐을 때 내가 느낀 감정은 그저 막연함이었어.

그동안 거의 2년의 시간을 들여 아시아 동쪽 끝에서 아프리카 최남단까지 세 대륙을 거쳐 도착했으니 그곳이 분명 나의 종착지일 거라 생각했어.

하지만 그렇지 않았어. 전혀 그런 느낌이 아니었지.

눈앞에 펼쳐진 바다, 저 먼 끝은 아마도 남극이겠지? 여행은 계속돼야 해. 그렇다면 이다음은 어디로 가야 할까? 설마 남극까지 가야 하나? 그건 좀 비현실적이라는 생각이 들었어.

게다가 여행 경비도 충분하지 않았고.

방황하던 난 다른 여행자에게 놀라운 이야기를 들었어.

마다가스카르 알아? 아프리카 대륙 동남쪽에 위치한 큰 섬이야.

중요한 건 이 섬에 다른 별명이 있대. 바로 평행 대만이야.

그 이야기를 듣자마자 바로 그곳을 마지막 목적지로 정했어.

설령 그곳에 도착해 세상의 끝을 찾지 못한다고 해도, 내 여행

의 시작이 대만이었던 것처럼 끝도 평행 대만이라면 괜찮을

것 같았거든.

마다가스카르는 지리적 위치와 모양 때문에 평행 대만이란

별명이 있대. 실제로는 대만과 닮은 구석이 하나도 없어. 굳이

찾자면, 좀 커진 신비의 대만이라고 할 수 있으려나.

섬 주민들은 생김새가 아프리카 사람 같지 않아. 오히려 아시

아인이랑 비슷해. 여기는 동물도 많이 달라. 섬에 사는 동물 중

80퍼센트가 지구의 다른 지역에는 없는 종이래. 마다가스카

르는 인적이 무척 드물어, 교통도 열악하고. 다행히 물가가 아

주 싸. 그래서 아주 오래된 지프차 한 대를 살 수 있었어.

그렇게 마다가스카르에 도착해 한 달간 여행하는 중이야.

그리고 지금 난 섬의 서남부에 와 있어. 이름도 모르는 벌판에

있지.

여기는 정말 불모지야. 앞뒤 좌우 모두 끝이 보이지 않는 평야야.

아마 주변 50킬로미터 안에 사람이라곤 없을 거야. 유일하게 보이는 생물이라곤 하늘을 날고 있는 새뿐이야.

해가 저만치서 지고 있어. 하늘은 구름 한 점 없이 이상할 정도로 아름다운 주홍빛으로 물들고 있지.

지도를 펼쳤다가 문득 마다가스카르랑 대만을 비교해 봤어.

그렇다면 지금 내가 있는 이곳은 아마 대만으로 치면 자이 정도가 아닐까 생각했어.

지미한테 말한 적은 없지만 사실 그 당시 서둘러 자이와 대만을 떠난 이유는, 무서워서였어. 지미 때문에 세상을 유람하겠다는 꿈을 포기하게 될까 봐.

그래서 떠난 거야.

그 후로 2년이 흘렀어. 지금 이 순간, 마다가스카르의 벌판에서, 내가 본 것 중 가장 아름다운 노을과 무수히 많은 새가 수놓은 하늘 아래서 난 지미에게 편지를 쓰고 있어.

이제야 깨달았어. 세상의 끝은 지구를 반 바퀴 돌아도 잊을 수 없는 사람이 있는 그곳이었어.

이 편지를 다 쓰고 도시로 가서 비행기표를 살 거야. 그리고 대만으로 날아갈 거야.

어떻게 될지는 모르겠어. 아마 지미는 벌써 날 잊었을 수도 있

겠지. 또 지미 곁에 다른 사람이 있을지도 모르고.

이런 생각을 하니 조금 불안하네. 하지만 어렵게 찾은 답이야.

어찌 됐든 난 지미의 곁으로 갈 거야.

왜냐하면, 그곳이 바로 내 여정의 끝이니까.

아미 씀

열차가 시오츠역에서 멈추자 지미는 열차에서 내렸다.

노란 봉투에서 아미의 어머니가 쓴 쪽지를 꺼내 거기에 적힌
주소를 사람들에게 물었다. 멀지 않은 곳, 역에서 걸어가면 약
20분이 걸리는 거리였다.

택시를 타도 됐지만 지미는 걸어서 가기로 했다.

역시 이곳에는 꽃집이 없었다. 미리 꽃을 사놓아서 다행이었다.

주택가를 지난 지미는 짧은 다리를 건너 약간 경사진 좁은 길
을 따라 산으로 올라갔다.

다시 조금 걷다가 90도로 꺾인 곳에서 작은 오솔길로 들어섰다.

오솔길을 따라 5분 정도 걷자 아미의 어머니가 쪽지에 써준

곳에 도착했다.

그곳은 시오츠 외곽에 있는 공원묘지이자 아미가 영면한 곳
이었다.

공원묘지 입구에서 지미는 손에 든 쪽지를 바라보며 넋이 나
간 듯 서 있었다.

아미의 어머니에게 봉투를 받은 지 얼마 지나지 않아 지미는
그녀가 붓으로 쓴 쪽지를 보았다.

지미 군에게,

언제나 입을 떼기 어려운 말이 있어서 여기에 글로 남깁니다.

지미 군이 이렇게 오랜 세월이 지난 후 아미를 찾으러 온 것
을 보고 너무 기뻤고, 또 조금 속상했습니다.

가슴이 아주 아프지만 그래도 말씀드려야겠죠. 그해 아미는
마다가스카르에서 폭풍우를 만나 골짜기에서 차량이 전복
되는 사고를 당했어요.

아미의 유품을 정리할 때 이 편지들을 발견했고, 같이 찍은
사진도 보게 되었습니다. 모두 방수 팩 안에 들어 있어서 폭

풍우에도 훼손되지 않았어요.

이것들을 직접 지미에게 전해줄 수 있어서 기쁩니다.

제 아이를 잊지 않아주셔서 다시 한번 감사드려요.

주소는 아래에 있습니다. 가능하시면 한번 보러 가주세요.

쪽지에 적힌 주소를 따라가니 금방 아미의 무덤을 찾을 수 있었다.

"너 보러 왔어."

지미는 수선화 한 다발을 아미의 묘 앞에 내려놓았다.

이곳은 한적한 묘지공원이었다. 돌을 깎아 만든 묘비 여러 개가 흩어져 있고, 각 묘비 사이는 일정한 간격으로 떨어져 있었다.

공원에는 침엽수와 이름을 알 수 없는 노란 꽃이 빼곡히 심겨 있었다.

"그거 알아? 나 작곡가가 됐어. 아주 유명한 사람은 아니지만."

지미가 묘를 정리하며 말했다.

사실 묘는 이미 깔끔하게 정돈되어 있어 지미는 주변의 낙엽을 치우고 잡초를 살짝 다듬었다. 정리를 마친 지미는 배낭에서

물을 꺼내 아미의 묘비에 부은 후 손수건으로 꼼꼼히 닦았다. 일본 사람들의 간단한 성묘 방식에 관해서는 드라마에서 본 적이 있었다.

지미는 정리를 마치고 아미의 묘 앞에서 한참을 서 있었다.

저 멀리 시오츠역에서 열차가 곧 출발함을 알리는 기적 소리가 들릴 때까지.

"오늘은 청춘 18 여행 마지막 날이야. 그러니까… 나 갈게."

지미는 이 말을 하고 다시 배낭을 멨다.

"사요나라. 자, 상대가 '사요나라'라고 하면, 너도 '사요나라'라고 해야지."

주위는 아주 고요했다. 그저 나뭇잎이 바람에 흔들리는 소리만 쏴쏴 들려왔다.

"농담이야."

지미는 몸을 돌려 아미의 무덤에서 발걸음을 옮겼고 공원묘지를 나와 천천히 시오츠역으로 걸어갔다.

마침 다음 열차를 탈 수 있었다.

다시 열차를 몇 대 갈아탔고 드디어 나리타공항에 도착했다.

저녁이 되어 지미는 도장이 모두 찍힌 청춘 18 티켓을 들고 대만으로 향하는 비행기에 올랐다.

"이어서 오늘 밤 마지막 곡입니다."

타이베이 아레나에서 열린 안치의 콘서트가 막바지로 향하고 있었다.

무대에서 내려다보이는 관객석은 형광빛으로 물들어 있었다. 이어서 힘차게 두 손을 흔드는 팬들이 무대가 떠나갈 듯 함성을 질렀다.

객석을 가득 채운 팬들 속에는 다른 가수와 유명인도 적지 않았다. VIP석에 앉은 리궈싱의 모습도 보였다.

샤오후이도 스탠딩석 맨 앞줄 티켓을 구매했다. 안치에게 강력하게 요구해서 받아낸 자리였다. 지금 이 순간 그녀는 무대 밑에서 목이 터져라 소리를 질렀다. 오늘 하루만은 안치의 매니저가 아니라 순전히 그녀의 팬으로 이곳에 있고 싶었다.

무대 밑에서 쏘아 올린 붉은 조명이 검은색 무대의상을 입은 길고 가느다란 안치를 비추고 있었다. 무대에는 안치 외에는 아무도 없었다. 반주하던 밴드도 보이지 않았다.

"다음으로 여러분께 들려드릴 노래는 영화 〈열여덟의 나로〉의 주제곡인….".

안치의 말이 끝나기도 전에 무대 아래에선 귀가 터질 듯한 환호성이 들려왔다.

영화 〈열여덟의 나로〉가 상영한 지 얼마 지나지 않아 안치가 부른 주제곡은 2주라는 짧은 시간 안에 가장 인기 있는 노래가 되었다.

환호 소리가 끝없이 들려왔다. 사그라들기는커녕 점점 더 커져갔다.

"노래하기 전에, 먼저 잠시 조용히 해주세요."

안치가 살포시 이 말을 내뱉자마자 마치 무슨 마법을 부린 것처럼 콘서트홀에 고요함이 깃들었다.

무대 위 안치가 손을 한 번 흔들었다.

푸른색 레이저 조명이 무대 오른쪽에 기타를 메고 선 마르고 키가 큰 실루엣을 비췄다.

지미였다.

"여러분께 들려드릴 곡은 「청춘, 18×2」입니다."

다른 악기 없이 안치는 오로지 지미의 통기타 반주에 맞춰 천
천히 노래를 부르기 시작했다.

글쓰기와 나

2014년, 일본 여행에서 돌아오고 얼마 후 백패커스 홈페이지에 〈청춘 18×2 일본 낭만 열차 여행기〉라는 제목의 여행 에세이를 발표했다. 그리고 10년 뒤, 그 에세이를 각색한 영화가 대만과 일본에서 상영되고 내가 각색한 소설 역시 비슷한 시기에 출간되었다.

영화와 소설의 각색은 별도로 진행되었다. 만약 후지이 미치히토 감독의 영화를 이미 보았다면 두 작품의 내용이 비슷하면서도 많은 차이가 있음을 알 수 있을 것이다. 물론 영화와 소설 모두 내가 과거에 썼던 여행 에세이를 기반으로 한 것이긴 하지만 말이다. 영화와 소설의 내용 전개 방식에는 적지 않은 차이가 존재하기에, 두 창작 과정에서 우린 기본적으로 서로 관여하지 않았다. 소설을 집필하던 당시 영화의 구체적인 내용에 대해 전혀 알지 못했고, 소설은 영화 촬영이 끝난 후에야 완성되어 감독 또한 소설의 내용에 대해서는 몰랐을 것이다.

영화든 소설이든 각색 과정은 고난의 연속이다. 들어보니 영화는 최소 예닐곱 번 정도 다른 감독과 작가가 각색을 진행했고, 소설의 경우 나는 총 아홉 가지 버전을 만들었다. 지금 여러분이 읽고 있는 이 책이 바로 그 아홉 번째 버전이다.

작가의 말에서는 이 소설을 쓰게 된 심리적 변화에 대해 주로 이야기하고 싶다. 긴 이야기라 아주 오래전 일까지 거슬러 올라가 시작해 보겠다.

마지막 책을 출간한 이후로 벌써 17년이 지났다.

아주 오래전 나는 글쓰기로 밥벌이를 하고 살았다. 그 당시 6년이란 시간 동안 총 아홉 권의 책을 출간했다. 그 후에는? 더 이상 출간하지 않았다.

사실 글쓰기를 시작한 지 3년 정도 되던 해에 나는 심각한 슬럼프에 빠졌다. 그때의 슬럼프를 한마디로 표현하자면 '완벽주의로 인한 폐해'였다.

당시 나는 문제를 자각하지 못했다. 설령 알았다 하더라도 그걸 극복하는 건 또 다른 문제였다. 그때는 어떤 강력한 사명감 같은 게 발동했다. 독자는 몇 시간을 들여 내 책을 읽으니 마땅히 그들이 들인 시간과 돈에 부응할 수 있는 작품을 써야 한다고 스스로에게 자주 당부했다. 그런 이유로 내가 쓴 글에 점점 더 까다롭게 굴었고, 결국에는 아예 쓰지 못하는 지경에 이르렀다.

글쓰기라는 작업이 고통이 되는 상황이 반복됐다. 몇 시간을 들여서, 며칠 또는 몇 주의 시간을 투자해 글을 썼지만, 결국 "이건 쓰레기야"라고 말하며 다시 쓰고, 다시 쓰고, 또다시 썼다.

작가로 산 마지막 몇 년 사이에 출간했던 그 책은 실은 원고를 제출해야 하는, 어쩔 수 없는 압박 속에서 겨우 머리를 짜내 쓴 것이었다.

만약 그 시기의 나에게 선택의 여지가 있었다면 그 책을 출간할 생각은 하지 않았을 것이다.

내가 어떤 이유를 대며 송고를 미루었던가? 음, 그 당시 핸드폰은 열몇 번 정도 고장 났고, 컴퓨터는 약 스무 번 고장 났으며, USB는 서른 번가량 망가졌다. 사실 이 물건들은 고장 난 적이 없었다. 진짜로 유일하게 고장 났던 건 아마도 내 머리였을 것이다. 이 자리를 빌려 그때 나에게 원고를 달라며 재촉했던 담당자와 편집자 들께 심심한 사과의 말씀을 전한다(마침 이 부분을 읽고 있는 송고를 미룬 작가들이여, 이미 클라우드 시대에 진입했으니 앞서 말한 이유는 이제 통하지 않는다).

솔직히 그 당시는 내 인생에서 가장 고통스러운 시간이었다. 여전히 글쓰기를 좋아했지만 내가 좋아하는 작품은 써내지 못했다. 게다가 경제적으로도 어려움이 닥쳤다. 어찌 됐든 작품을 내지 못하니 수입이 있을 리 만무하지 않은가.

그래서 2007년, 마지막 책을 출간하고 글쓰기를 그만두기로 결심했다. 아마도 마음 깊은 곳에서는 글쓰기에 소질이 없는 게 아닌가 하는 생각이 슬며시 고개를 들었던 듯싶다. 여하튼 이렇게 된 마당에 하루라도 빨리 나 자신을 정확히 파악하고 새 삶을 살아갈 활로를 찾아야 했다.

그런데 이 부분, 어디선가 본 것 같지 않은가? 맞다. 이 책의 주인공 지미가 음악을 포기하려는 심정과 비슷하다. 비록 책에서 지미는 글쓰기가 아닌 음악의 길을 걸었다. 하지만 나는 능력 부족을 인정하고 가장 사랑하는 것을 포기하려는 심정은 누구나 엇비슷할 거라고 생각한다. 사람들이 나를 부르는 이름인 '지미'로 남자 주인공의 이름을 정한 이유는 내가 직접 경험한 일을 녹여내서이기도 하고, 또 이 인물에 내 모습을 투영했기 때문이기도 하다.

아무튼 결국 나는 직업을 하나 찾았고 회사에 출근하기 시작했다.

게임 소프트웨어 업계에 들어간 이후 난 금방 새로운 삶에 적응했다. 놀랍게도 직장인은 회사가 시킨 일만 완성하면 되는, 굉장히 단순하고 편안한 직업이라는 사실을 알게 되었다. 게임 개발 업무가 글쓰기보다 간단해서가 아니라, 마찬가지로 창의력이 필요하고 더 많은 기술이 요구됐지만, 글쓰기를 할 때 발현되는 결벽 증상이 게임 개발 업무에서는 나타나지 않았기 때문이다. 당시 내 심정은 무거운 마음의 돌을 내려놓은 것 같았다.

그렇게 서서히 글쓰기에 대한 열정을 내려놓고 아침 9시에 출근해서 오후 5시에 퇴근하는 직장인의 삶을 살았다.

그렇게 7년이 흘렀다. 바야흐로 2014년.

그해 봄, 일본 여행에서 돌아온 뒤 어느 날 여행 에세이 한 편을 쓰기로 결심했다. 글쓰기는 진작에 그만두었지만 종종 취미로 일기나 잡문을 끼적거리곤 했다.

여행 에세이를 쓸 때, 심적으로 큰 충격을 겪었다는 점 외에도 7년 동안 억눌렸던 글쓰기에 대한 열정이 난데없이 폭발한 게 아닌가 생각했다. 물론 소설이 아닌 여행기와 회고록이 결합된 에세이 장르의 작품을 썼지만, 다 쓰고 여러 번 다시 읽으면서 이게 바로 내가 추구하던 경지가 아닐까 싶었다.

그래서 그 에세이를 백패커스 홈페이지에 게재했다.

그 후 나를 오랫동안 괴롭힌 글쓰기에 대한 열정이 다시금 불타올랐다. 한편으로는 '마침내 슬럼프에서 빠져나온 건가? 그렇다면 다시 글을 쓸 수 있을지도 몰라. 왜 다시 시작하지 않니? 우선 이 여행 에세이를 소설로 각색해 보자' 하는 생각이 들었다.

이후의 상황에 대해서는 여러분도 이미 알고 있을 것이다. 그렇다. 나는 슬럼프에서 전혀 벗어나지 못했다. 모든 과정이 너무나 익숙했다. 몇 시간, 며칠, 몇 주를 투자해 써봤지만 결국 또 "이건 쓰레기"라며 스스로를 비난했다.

'왜 이런 거지? 이 여행 에세이는 내가 썼잖아.'

그때의 나는 몰랐다. 그건 사실 작가인 내가 가진 고집, 또 신념과 관련이 있다는 걸 말이다.

소설을 쓰는 사람을 만나본 적이 있거나, 또는 글쓰기를 직접 경험해 본 사람이라면, 아마도 이런 말을 들어봤을 것이다. 작가라는 생물은 대략 세 가지 부류로 나눌 수 있다는 말.

첫 번째 부류는 기획형, 즉 플로터Plotter다. 이 유형의 작가는 실제로 글을 쓰기 전에 빈틈없이, 그리고 완벽하게 대략적인 줄거리와 인물, 세계관 등을 설정해 놓는다.

두 번째 부류는 뭐냐고? 영어로는 그들을 직감형이라는 뜻에서 판처Pantser*라고 부른다. 이 부류의 작가는 첫 번째 부류와는 상반된 타입으로, 글을 쓰기 전 대략적인 줄거리를 전혀 구상하지 않고 그냥 앉아서 생각의 흐름을 따라 자유롭게 방황하듯 떠오르는 대로 쓰는 사람이다.

세 번째 부류도 있다. 앞 양자 사이에 놓인 부류로 영어로는 중간형, 즉 플랜처Plantser라고 표현한다. 나는 '작물을 심는 사람'

---

* 직역하면 '의자 위에 놓인 바지로 날아가는 사람Fly by the seat of one's pants'으로, 구체적인 생각이나 계획 없이 행동하는 사람을 의미한다.

이란 뜻과 유사하다고 이해했다.

이미 여러분도 예상했다시피 나는 200퍼센트 직감형이었다. 이 부분에선 편집증을 넘어 광기에 가까운 집념이 있을 정도였다. 사전에 기획하고 쓰는 작가들을 무시했고, 그렇게 하는 건 창작이라고 부를 수 없다고까지 생각했다.

미국 작가 줄리아 캐머런은 이렇게 말했다.

"모든 작가는 사실 신의 목소리를 듣는 것이다. 우리는 작가가 아니라 그저 타이핑하는 사람으로, 신의 목소리를 기록하는 것뿐이다."

이 말은 곧장 내 심장 깊은 곳으로 들어왔고, 글 쓰는 삶을 사는 내내 줄곧 이런 방식을 고수했다.

나중에 심각한 슬럼프에 빠졌을 때도 이런 신념은 전혀 흔들리지 않았다. 왜? 이런 방식으로, 예를 들면 여행 에세이나 초기에 쓴 글 같은 흡족할 만한 작품을 '가끔' 탄생시켰기 때문이다.

게다가 글을 쓰려고 자리에 앉을 때마다 '신'이 말을 걸어왔다. 그러니 나의 문제는 무언가를 쓰지 못하는 게 아니라, 퇴고하며 신의 원고를 임의로 삭제해 버린 데 있었던 것이다.

이런 생각을 하고 있었기에 난 2014년 여행 에세이를 쓴 뒤로 직감에 기대 글을 쓰면서 긴 세월을 보냈다.

그러는 동안 내 인생에도 서서히 많은 변화가 일어났다. 게임 업계를 떠나 교육 테크놀로지 업계로 이직했고, 결혼을 했고, 미국으로 주거지를 옮겨 새로운 삶을 시작했다. 변하지 않은 건 더 이상 흡족할 만한 작품을 쓰지 못한다는 사실뿐이었다. 그렇게 세월은 하루, 1년, 2년 흘러갔고, 어렵게 불붙은 글쓰기에 대한 열정도 식어버린 지 오래였다. 여덟 번째 버전으로 각색한 뒤엔 하마터면 이 작업을 포기할 뻔했다. 나중에는 작가로 살았던 시간과 글쓰기에 가졌던 열정조차 요원한 추억거리가 되었고, 간혹 떠올릴 때면 씁쓸한 아쉬움만 느껴졌다. 비록 실망스럽긴 했지만 한번 포기했던 경험이 있어서인지 어느새 나는 이 작품을 잊고 말았다.

만약 그 일이 일어나지 않았다면 지금 당신은 이 소설을 읽지 못했을 것이다.

미국으로 이주한 뒤에도 꽤 긴 기간 동안 대만에서 하던 업무를 원격으로 진행했다. 시차 때문에 주로 저녁에 업무를 시작했고, 그래서 낮 시간은 비교적 여유로웠다.

당시 나는 집 근처 커뮤니티 대학 도서관에 자주 다녔다. 원서를 읽으며 영어 실력을 쌓았고, 가끔은 도서관에서 진행하는 강좌를 듣기도 했다.

어느 날, 도서관에서 '꼬마 작가 일깨우기'라는 강좌를 열었다. 주에서 유명한 작가를 초청해 글쓰기 클래스를 연다는 취지였다. 포스터에는 18세 미만 꼬마 작가들의 참여를 환영한다고 적혀 있었는데, 청춘 18 티켓처럼 18세 이상은 참여 불가라는 말이 없어서 염치 불고하고 강좌를 신청했다.

그런데 당일에 오기로 했던 유명 작가가 갑자기 일이 생겨 오지 못하는 바람에 도서관 측에서 급하게 다른 진행자를 구했다. 아직도 난 그 진행자가 뭐 하는 사람인지조차 모르고 이름도 까먹었지만, 금발에 파란 눈을 가진, 온몸에서 이지적인 분위기가 풍기는 여성이었다는 사실만은 기억한다.

클래스가 시작되고 진행자는 플로터, 판처, 그리고 플랜처 이 세 부류의 작가가 가진 차이에 관해 설명하고 참가자들에게 자신은 어떤 부류인지 말해보라고 했다.

당시 나는 어설픈 영어로 직감으로 쓰는 판처의 장점에 대해 '창작은 마음속에서 우러나와야 하는 것으로, 대략적인 틀을 잡아놓고 쓰는 것은 예술이라고 말할 수 없다'는 의견을 창피함도 모르고 지껄였다.

그때 금발의 진행자는 미소 띤 얼굴로 이렇게 말했다.

"이해합니다. 저도 그랬으니까요. 하지만 글을 쓰기 전 기획해 보니 적절한 계획은 슬럼프를 극복하는 데 도움이 되고, 글쓰기를 더 즐길 수 있는 방법이란 생각이 들더군요."

이전 같았다면 난 분명 이런 말에 콧방귀를 뀌었을 것이다. 하지만 그날 무슨 이유에선지 속에서 문득 '그럼 나도 한번 해

볼까'란 생각이 살며시 고개를 들었다. 어쩌면 그 진행자의 말이 설득력이 있어서 그랬던 것 같기도 하다.

강좌는 소규모 행사였고, 세 시간도 채 되지 않아 끝이 났다. 그 후 나는 책을 좀 더 살피고 자료를 찾아보며 유명 작가의 글쓰기 기획 방법을 연구했다. 그런 뒤 나에게 맞으면서도 글쓰기의 자율성을 해치지 않을 방법을 만들었다.

그리고 그 방법을 사용해 쓴 첫 작품이 바로 여러분이 지금 보고 있는 이 책이다.

이 책의 마지막 페이지를 쓰고 나서야 그 당시 금발의 진행자가 했던 말 한마디가 나에게 얼마나 큰 영향을 끼쳤는지 깨달았다. 물론 글쓰기 기획 방법을 가르쳐준 건 아니었지만, 그 진행자가 아니었다면 아마 난 지금까지 계속 직감으로 쓰고 있었을 것이다.

아쉽게도 지금도 난 그 진행자가 누구인지 모른다. 이메일이라도 써서 감사의 마음을 전하고자 도서관 직원에게 문의해 봤으나 직원 역시 어떠한 정보도 가지고 있지 않았다. 진짜 모르는 건지 아니면 수상한 아시아계 아저씨가 의심스러워서 알려주지 않는 건지는 잘 모르겠다.

주저리주저리 쓰다 보니 좀 길어졌다.

마지막으로 작가든 음악 창작자든 아니면 다른 어떤 분야든 분명 나와 유사한 사람이 아주 많을 거라 생각한다.

애정이 있기 때문에 마음이 쓰이는 것이다. 하지만 너무 신경을 쓰다 보면 종종 빠져나올 수 없는 막다른 길에 도달하곤 한다. 짐작건대 나와 비슷한 문제를 겪은 이도, 또 다른 문제를 겪고 있는 이도 있으리라.

미국 작가 찰스 백스터는 그의 에세이 《원더랜드Wonderlands》에서 이렇게 말했다.

"실패는 인생의 어떤 경험 중에서도 피할 수 없는 것이다. 젊을 때 아무도 찾지 않는 소설 세 권을 쓴 후에야 나는 이 사실을 받아들이는 법을 배웠다."

실패에서 배움을 얻는 방법은 사람마다 다르다. 타인이 줄 수 있는 최고의 도움은 아마도 자신의 경험을 공유하는 일일 것이다. 내가 금발의 진행자의 경험에서 깨달음을 얻은 것처럼 이 장황한 후기가 어쩌면 누군가에게는 의미를 가질지도 모른다고 생각하니 점점 더 길어질 수밖에 없다. 비록 난 미녀도 미남도 아니고 내 말에 설득력이 없을지도 모르지만 말이다.

결론적으로 이건 내가 글을 쓰면서 느낀 소회다. 간단히 몇 글자로 표현하면 '보리본무수, 명경역비대, 본래무일물, 하처야진애菩提本無樹, 明鏡亦非台, 本來無一物, 何處若塵埃'[*]라고 말할 수 있다.

2014년에 쓴 여행 에세이가 영화와 소설로 각색되는 데 있어 감사를 드려야 할 사람이 너무 많다. 일일이 다 열거하면 더 길어질 테니 마지막으로 가장 중요한 세 사람에게 간단히 감사 인사를 전하고자 한다.

먼저 감사하고 싶은 사람은 장펑과 먀오喵** 감독이다. 이들은 영화 각색을 결정한 후 꽤 많은 어려움이 있었음에도 절대 포기하지 않았고, 또 빨리 영화를 찍기 위해서 적당히 타협하지도 않았다. 두 사람의 격려와 조언이 있었기에 나 역시 소설로 각색할 마음을 먹게 되었고, 후에 이 소설이 별 탈 없이 출간된 것도 장펑이 출판사를 연결해 준 덕분이었다.

마지막으로 감사할 사람은 내 아내다. 아내가 이해해 주고 성원해 주었기에 글쓰기에 매진할 수 있었다. 또 안치라는 인물을 만들어낼 때도 큰 영감을 얻었다. 아내에게 감사하고 다음 작품을 쓸 때 휴가가 필요하면 허가를 좀 해주십사 미리 부탁드린다.

2023년 12월 콜로라도에서

지미 라이

---

* 당나라 혜능慧能의 보제게菩提偈의 한 구절로, 인용한 부분은 '원래 보리수(깨달음의 나무)라는 것은 없으며, 맑은 거울 또한 형체가 없다. 본래 그 어떤 것도 집착할 만한 것이 없는데 어찌 티끌이 낄 수 있겠는가?'라는 의미를 가지며, 어떤 것에도 얽매이지 않는 깨달음의 경지를 말한다.

** 영화 〈청춘 18×2 너에게로 이어지는 길〉의 프로듀서로 본명은 린유셴林育賢이다.

지은이

지미 라이 Jimmy Lai

글쓰기를 천직으로 삼고 싶었던 젊은 시절을 거쳐 이제는 글을 쓸 수 있다는 기쁨을 만끽하면서 살아가는 아저씨가 되었다. 여름에는 사람들이 선탠을 즐기고 겨울에는 때때로 눈이 내리는 미국 콜로라도주 작은 교육도시에 살고 있다. 책 읽기와 글쓰기 외에도 스노보드, 배드민턴, 농구, 자전거 타기, 등산, 걷기, 잠자기, 배낭여행, 기차 여행, 자동차 여행, 나 혼자 여행을 좋아한다.

《청춘, 너에게로 이어지는 길》은 2014년 작가가 대만 '백패커스' 홈페이지에 게재한 여행 에세이 〈청춘 18×2 일본 낭만 열차 여행기青春18×2_日本慢車流浪記〉를 각색한 것으로, 2024년 일본 후지이 미치히토 감독에 의해 허광한(쉬광한), 기요하라 가야 주연의 영화로 제작·상영되며 화제를 모았다.

작가의 다른 작품으로는 《잘린 사랑剪愛》, 《맥도날드와 사랑에 빠지다愛上麥當勞》, 《아이야, 울지 마男孩別哭》, 드라마 각색 소설 《내 곁에 악마가惡魔在身邊》, 게임 각색 소설 《환상삼국지幻想三國志》, 《마수겁魔獸劫》 등 다수가 있다.

옮긴이
이지은

한국외대 통번역대학원을 졸업하고 프리랜서 중국어 통번역가의 길을 걷고 있다. 현재 출판번역 에이전시 글로하나와 함께 다양한 분야의 중화권 도서를 리뷰, 번역하면서 기업체 및 기관에서 강의와 통번역을 하고 있다. 통번역이 주는 뿌듯함과 좌절감으로 성장하며 평생 통번역가로 살아갈 예정이다. 역서로는 《황권 4》, 《너에 대한 두근거리는 예언》, 《일잘러의 무기가 되는 심리학》, 《산업정책》 등이 있다.

청춘,
너에게로 이어지는 길

초판 1쇄 인쇄 2025년 4월 14일
초판 1쇄 발행 2025년 5월 9일

지은이 지미 라이
옮긴이 이지은

책임편집 오윤나
디자인 어나더페이퍼
책임마케팅 최혜령, 박지수, 도우리
마케팅 콘텐츠 IP 사업본부
해외사업 한승빈
경영지원 백선희, 권영환, 이기경, 최민선
제작 제이오

펴낸이 서현동
펴낸곳 ㈜오팬하우스
출판등록 2024년 5월 16일 제2024-000141호
주소 서울시 강남구 테헤란로 419, 11층(삼성동, 강남파이낸스플라자)
이메일 info@ofh.co.kr

ⓒ 지미 라이

ISBN 979-11-94654-36-0 (03820)

모모는 ㈜오팬하우스의 출판브랜드입니다.